TAKE
SHOBO

虐げられ令嬢ですが、なぜか女嫌いのエリート魔術師に溺愛されました

月夜野繭

Illustration
黒田うらら

JN053687

MOON DROPS

虐げられ令嬢ですが、
なぜか女嫌いのエリート魔術師に溺愛されました

Contents

イラスト／黒田うらら

虐げられ令嬢ですが、なぜか女嫌いのエリート魔術師に溺愛されました

MOON DROPS

第一章　家庭教師はエリート魔術師

「あなたには性教育が必要です」

背の高い魔術師が冷え冷えとした声で言い放った。

(は……？　性教育？)

客間の真ん中で立ち尽くしたソニアは、魔術師の綺麗《きれい》な顔を見上げた。

不機嫌そうな漆黒《しっこく》の瞳に、やや長めの黒い髪。化粧もしていないのに、これまで見たどんな貴婦人よりも美しい。

だが、どんなに美人でも彼は男だ。

おまけに、まだ若い。十八歳のソニアよりは年上だが、それでも二十五、六歳だったはず。

(わたしも一応貴族の娘なのに、若い男性が性教育の先生だなんてありえるのかしら)

両親の自分への扱いを考えると、どんなことでも起こりそうな気はするけれど。

それでも彼は特別な人だ。聞き間違いかもしれない。

「あの、今なんとおっしゃいました？」

声はふたりきりの客間に意外と大きく響いた。

「性教育が必要だと言いました」

「性……教育、ですか？」

彼は魔術師の象徴である黒いローブをひるがえすと窓に近づき、指先でガラスをコンコンと叩《たた》く。

「何度も言わせないでください。あなたの脳みそにはなにが詰まっているのです？　女であるというだけでも汚らわしいのに、そのうえ愚かしいとは救いもない」

早口で一気にまくしたてるその男は、ただの魔術師ではない。

「でも、あなたさまは特級魔術師ですよね？　そんな方がなぜわたしの教育係に……」

特級魔術師アルベルト・リンドグレーン。

魔法のさかんなエルドゥール王国のエリート集団『王国魔術師団』。その頂点が、わずか数人の特級魔術師だ。しかも彼は史上最年少で昇格した有名人だった。

アルベルトは片方の眉を上げてソニアを見た。

「我がリンドグレーン侯爵家には、あなたの家の要請を一度は受けなければならない事情があるのですよ。どんなに断りたくてもね」

特級魔術師という特別な地位にあるうえ、アルベルトは名門侯爵家の三男でもある。同じ貴族といっても、ソニアの生家であるノーディン子爵家とは家格が違う。

上級貴族が下級貴族の頼みを断れないなんて、どんな理由があるのだろう。

「まあ、それはどうでもいい。こんな不快な依頼は最短コースで片づけましょう」

アルベルトが窓際からソニアのほうにつかつかと歩み寄ってくる。そして、唐突にソニアの腰を抱いた。

「なにを……⁉」

「女はこうされると喜ぶと聞きました」

アルベルトの手がソニアの後頭部を抱え、自分の胸に押しつける。

（わたし、アルベルトさまに抱きしめられている⁉）

端整な顔をしていても黒いローブの下の体はやはり大人の男性のもので、その胸は広くて硬い。

腕の中で見上げると、アルベルトは顔をしかめてそっぽを向いている。本音を隠すつもりもないらしい。

けれど、ソニアの胸はときめいた。頬がどんどん熱くなっていく。

（これは夢じゃないのよね？）

四年前からソニアは彼に憧れていた。初恋といってもいい。生まれて初めて素敵だと思った男性なのだ。

もちろんアルベルトは彼女のことなど知らない。ソニアが一方的に遠くから見つめていただけだ。

その憧れの人が突然ソニアのほうを向いた。

「なにか感じませんか」

「は、はい？」

心を見透かされてしまったのだろうか。ソニアは体を強ばらせる。

そんなソニアにはかまわず、アルベルトが突然手を握ってきた。大きな手に包まれた指先から、妙な熱が伝わってくる。

「えっ、これは？」

体温のあたたかさではない。体の中にお湯を流し込まれたような違和感があった。

「うーん、予想以上に魔力が流れませんね」

「魔力？」

「あなたの手に軽く僕の魔力を流してみましたが、反応が鈍い」

ソニアの戸惑いは無視して、アルベルトは自分の思考の中に入り込んでいる。

「抱きしめただけではだめか。厄介だな。もっと直接的に快楽を感じなければ、魔力は発現しないのか」

「快楽⁉」

アルベルトがつぶやいた言葉に、ソニアは思わず声を上げた。

彼は眉をひそめて腕の中にいるソニアを見下ろす。

「はしたないですよ。それでも貴族の令嬢なのですか」

「申し訳ございません」

そもそも破廉恥《はれんち》なことを言い出したのはアルベルトなのだが。

まともな教育を受けていないソニアだってある程度は知っている。性教育――どうやって子供ができるのか。

(赤ちゃんは、子宝を司る女神さまが結婚した夫婦にお祝いとして授けてくれるものよね。快楽なんて関係ないはず)

それとも結婚と妊娠、快楽と魔力には自分の知らない秘密があるのだろうか。

ソニアは自分の常識に自信がなかった。両親から嫌われて、子爵家の長女でありながら使用人のような生活を送ってきた。そんな自分に貴族の令嬢としての知識が欠けていても当然だ。

アルベルトがため息をついた。

「しょうがない。もう少し試してみましょう。これではどうです？　女は胸で快感を得ると聞いていますが」

「ひゃっ⁉」

大きな手が突然ソニアの胸をわしづかみにする。快感どころではない。

「なにをするの⁉」

驚いたソニアはアルベルトの頬を平手打ちしてしまった。乾いた破裂音が、パンッとふたりきりの部屋にこだまする。

「な……」

少し赤くなった頬を押さえて、アルベルトが呆然《ぼうぜん》としている。

ソニアはとっさにひざをついた。塵《ちり》や埃《ほこり》が服に付くのもかまわず、深く頭を下げる。

「ごめんなさい！　わたし、なんてことを‼」

相手は上級貴族のエリート魔術師。ソニアは下級貴族とも名乗れないような、訳ありの娘。自分のしたことは身分の差をわきまえない失礼な行為だ。

でも、それだけではない。ソニアは暴力で言うことを聞かせようとする人が苦手だった。急に胸をさわられて驚いたとしても、自分がされていやだったことをほかの人にしてしまった。

背中でひとつにくくった髪が床をこする。長い髪を結んだ紐《ひも》が切れ、ボサボサの白茶けた髪が広がった。

「――これは真剣に取り組まないと、さすがの僕でも難しい案件かもしれない。女は嫌いですが、魔法に関することで失敗したら特級魔術師の名折れです」

「申し訳……」

「本気であなたに快感を教えますから、覚悟してください」

「え？　はい？」

ソニアは思わず頭を上げた。

（本気で……快感を？）

アルベルトは美しい眉をひそめて、足もとにひざまずくソニアを見下ろしている。

彼がなにを言っているのか理解できなかった。快感を教えるとはどういうことなのだろうか。

アルベルトの冷たい瞳をただ呆然と仰ぎ見ていたソニアに、彼が淡々と命じた。

「こちらに来なさい。とりあえずあなたの潜在的な魔力を測りましょう」

ソファーに座るアルベルトの前に立たされる。じいっと見られているけれど、さっきの平手打ちを怒っている様子はなくてほっとする。

テーブルには不思議な模様の描かれた羊皮紙が置かれていた。

昔、妹が受けていた魔法の授業を見学したとき、家庭教師がよく似た魔法陣を使っていたのを思い出した。

「あなたを気持ちよくさせれば、手っ取り早く魔力が発現するのではないかと思っていました。しかし、問題は根深いようです。本来なら十代前半でやる検査ですが、受けたことはありますか？」

「いいえ」

「では、そこに座って魔法陣に手をかざしなさい」

やはり魔法陣だった。

言われるまま向かいのソファーに腰かけ、羊皮紙に右手をかざす。アルベルトが呪文を小声で唱えると、手のひらが少し熱くなった。

「え……？」

手から力が吸い出されていくような不思議な感覚。体の中を熱風がすうっと通り抜けていく。

怖くなってアルベルトを見ると「そのままで」と首を横に振った。

その直後、魔法陣の複雑な紋様が光り始めた。金色の光はどんどん強くなり、まぶしくて目を閉じる。

「そこまで」

「はい？」

「もう手をどけて。これ以上魔力をそそぐと、魔法陣が壊れてしまいます」

慌ててソニアは手を引き、まだ熱を持ったままの右手の指先を左手で覆った。

（こんな感覚、初めて。もしかして、これが魔力？）

エルドゥール王国では貴族階級の人間は魔力を持っている。その魔力で魔法を使い、生活を便利にしたり国を守って戦ったりする。

魔力は基本的に遺伝し、身分の高い貴族ほど魔力が多い。平民で魔力のある者はほぼいない。

ソニアの血の半分は平民だ。ソニアは子爵が使用人と浮気してできた子供で、そのため自分は魔力を受け継いでおらず魔法を使えないのだと思っていた。

「うーん、この魔力量は……。突然変異かもしれません」

ぼうっとしていたソニアの耳に、アルベルトのつぶやきが滑り込んだ。

「え？」

「この魔法陣は、貴族の子弟の目覚めていない魔力を引き出して測定するためのものです」

あごをさすって考えながらアルベルトが説明してくれる。

「正直なところ、ここまで潜在的な魔力が多い下級貴族は見たことがありません。侯爵家、いや、王族に迫るかもしれない。まあ、僕には劣りますが」

「お……王、族……？　わたしがですか⁉」

ソニアは自分の耳を疑った。

自分にそんなすごい魔力があるなんて、とても信じられない。

「ただ、このことはしばらくご両親に言わないほうがよいのでは」

「どうしてですか？」

アルベルトはふたたびソニアの全身を眺め回した。

使用人にまざって屋敷の掃除をしているとき、たまたま部屋にあった鏡で見た自分の容姿を思い出して、とても恥ずかしくなる。

色あせてぱさついた髪、頬のこけた青白い顔に痩せた体。貴族らしさはまったくなく、父親の子爵から受け継いだのは緑色の瞳だけだ。

しばらくソニアを見つめていたアルベルトは軽くうなずいた。

「あなたとご両親はうまく行っていないように見えます」

「…………」

「あなたの魔力量を知ったら利用しようとするでしょうね。それでもよいなら止めません。僕はかかわりたくありませんので、自分で決めてください」

「……はい」

ソニアはたしかに父と継母からうとまれている。

実の母親はソニアが生まれてすぐにノーディン子爵家を追い出され、子爵の血を引くソニアだけが引き取られた。だが、その二年後、子爵夫妻の間に娘ができ、それからはずっと邪魔者扱いされている。

アルベルトは魔法陣を丁寧にしまうとソニアに向き直った。

「あなたは魔法について、どのくらい知っていますか？」

「かまどの火をつけたり、空中から水を取り出したり……」

「基本的な生活魔法ですね。ほかには？」

生活魔法以外の魔法を思い出すため、ソニアは数少ない外出の記憶を探った。

一番印象的だったのは四年前、王都にいる貴族が総出で祝った特級魔術師の叙任式だ。

ソニアにも招待状が届き、両親や妹と出かけたのだった。

そのとき就任した特級魔術師がアルベルトだ。特級魔術師は国に何人かいるが、彼は最年少の叙任で、国をあげての祝賀会となった。

アルベルトは観衆の前で圧倒的な実力を示した。

「大きな岩を動かして土地をならし、立派な街道を造っているのを見たことがあります」

「それは上級貴族が行う土木事業です。かなりの魔力が必要となります」

彼はそれが自分の話だとは気づいていないようだ。なにかを考えるように首をかしげると、からになったティーカップを持った。

次の瞬間、カップが水でいっぱいになる。

「子供が最初に教わる水魔法です。やってみなさい」

「申し訳ありません。できません」

晩餐《ばんさん》のとき、両親が魔法でフィンガーボウルに水をためていた。ソニアは彼らに給仕をする使用人の手伝いをする機会があって、部屋の隅からその様子を見たことがある。

だが、やり方はわからない。

「このくらいはまだ思春期前の子供でも覚えられるのですが」

大きなため息をついたアルベルトはカップの水を飲み干すと、彼女のほうに歩いてきてソファーの隣に座った。

「手を貸して」

「え？」

アルベルトがひざの上で固く握られていたソニアの手を取る。

彼に自分への興味などないことはわかっている。それでもソニアの胸はふたたび高鳴った。

あの叙任式の日から彼の雄姿が心の慰めだったのだ。

「そんなに緊張しなくてもいい。目を閉じて体の力を抜きなさい」

ソニアは音を立てないように息を吸って、ゆっくりと吐いた。

彼の言うとおり目を閉じて、強ばった体の力を抜く。すると、魔法陣に手をかざしたときと同じ熱が流れ込んできた。

「なにか感じますか？」

「はい、あたたかいです」

「それが魔力です。目を閉じたまま、カップに水がたまる様子を想像して」

さっきアルベルトの視線を受けて水をたたえたティーカップ。自分も水を張ることができるだろうか。

特級魔術師の彼が言うのなら本当にできるのかもしれないと、ソニアはどきどきしてきた。

「魔力を体の外へ押し出すようにして、カップにそそいでみなさい」

ソニアは初めて魔力を意識して動かしてみた。自分の中から熱が流れ出ていくのをイメージする。

目を開けるとカップが水で満たされていた。

「わあ、水がたまってる！　初めてです。わたしにも魔力があるなんて！」

成人しても魔法が使えないソニアは子爵の血を受け継いでいないのではないか——屋敷の者がそんなふうに陰で言っているのは知っていた。魔力目当てに婚約を申し込んできた商人が、『あてが外れた』と愚痴をこぼしていることも。

（これで少しは意地悪を言われなくなるかしらね）

ソニアは胸をなでおろした。

「喜んでいるところに水を差すようですが、これはあなたの魔力ではない。あなたの中にそそいだ僕の魔力です」

アルベルトの冷静な声に、ソニアはハッとわれに返った。

「だが、まったく魔力のない者には、僕の魔力を放出することすら難しいでしょう。先ほども言ったとおり、あなたの中には大きな魔力が眠っているはずです」

「眠っている？」

「そうです。貴族は幼少期から徐々に内なる魔力を目覚めさせ、魔法の使い方を覚えていきます」

妹は家庭教師からさまざまな授業を受けているが、その中でも魔法に割く時間は多いようだった。それだけ大変なのだろう。

「しかし、それには限界がある。本格的な魔力の発現には、性的な成熟が必須だと言われています」

「はい……？」

性的な成熟とは具体的にはなんなのかがソニアにはわからない。十八歳になって成人するだけではだめなのだろうか。

もしかしたらアルベルトが最初に言っていた性教育と関係があるのかもしれない。

「人と神々がともに暮らしていた太古の昔、神は人の弱さを哀れみ魔力を授けました。魔法の進化とともに人の世は発展したが、本来魔力とは異性へ魅力をアピールするための能力だったのではないかと僕は考えています」

アルベルトは宙を見つめてとうとうと話している。ソニアが理解しているかどうかは二の次のようだ。

「普通は性に目覚める思春期以降、それなりに魔法を使えるようになるものです。そのため下級貴族は知らないのですが、強大な魔力が不可欠な上級貴族や王族には性的成熟の重要性が知られています」

そこでようやくあ然とした面持ちで自分を見ていたソニアに気づいたようで、アルベルトは口をつぐんだ。

「あなたは発育が悪いが……たしか成人しているのでしたね」

「はい、十八歳です」

ソニアは目を伏せた。

本当は成人したらすぐ結婚するという契約だった。けれど、魔力が発現しないので、今は様子を見ている。

『三か月後の結婚式までに魔法が使えるようにならなかったら、婚約を解消する』

先日そう期限を区切られたのだが、ソニアに魔力があるのなら予定どおり結婚することになる。

以前は早く十八歳になりたかった。この家から出られるのならなんでもいいと思っていた。

でも婚約者の横柄な態度を見ていると、結婚しても自分の境遇は変わらなそうだ。

「その年まで、性的な衝動を覚えたことがないと？」

「しょ、衝動!?」

過激な言葉に驚いてアルベルトを見上げると、彼は研究者が研究対象を観察するような冷静な目でソニアを見ていた。

「ああ、女性に衝動は言いすぎでしたか。では、男性を魅力的に思ったことは？」

「それは」

ソニアは言葉に詰まった。

初めて素敵だと思った異性は目の前にいる。けれど、そんなことは本人に言えない。

アルベルトはさげすむように唇を歪《ゆが》めた。

「そうですか。女として未熟に見えても、心に想う男はいると。では、その男と結婚したいと考えたことは？」

「そんな……！」

「口づけをしたり、抱かれたいと夢想したことも？」

「はい？」

目の前の男に口づけられることを一瞬想像してしまって、ソニアは頭が爆発しそうになった。

辛辣な口調と疑り深いまなざしがソニアに降りそそぐ。

「あれだけの潜在魔力を持ちながら、まったく性欲がないなんて信じられません。まあ、想う男がいるくらい精神的に成長しているのなら、性教育も予想よりは早く進みそうですね」

そのとき窓辺に置いてあった花瓶がカタッと揺れた。

小さな振動に続いて家具が小刻みに震え、窓ガラスもカタカタと音を立て始める。

次第に横揺れが大きくなって、ソニアはソファーの背につかまった。

「地震が……」

「最近また地震が多くなりましたね」

ここのところ週に一度は地震がある。

エルドゥール王国は豊かで気候にも恵まれた国だが、もともと地震が多い。火の女神の棲《す》まいと言い伝えられている聖エルドゥール火山を中心に、数多くの火山に囲まれているためらしい。

長く続いた横揺れが終わると、アルベルトが立ち上がった。ソファーの端に置いていた黒い手袋をはめて優雅に一礼し、皮肉っぽく微笑む。

「念のため王都に被害がないか、確認に行かなければなりません。不本意ではありりますが、続きは来週に」

「はい。ありがとうございました」

ソニアも立ち上がり、継母や妹の姿を見て覚えた淑女の礼をする。

アルベルトはぎこちないカーテシーを一瞥《いちべつ》もせず、さっさと帰っていった。

（アルベルトさまは王都の守りを担当していたはず。災害の対応もされるのね）

魔術師団は騎士団と同じく国と国王に忠誠を誓っている。魔術師の仕事は国土の防衛から生活魔法の研究まで幅広く、地方にも赴任して活躍しているという。

アルベルトは騎士団と連携し王都の守護を担い、王都有事の際の『最後の砦《とりで》』とうたわれていた。

（あんなに美しくて優雅なのに、使う魔法は力強くて豪快で。女の子たちに人気なのも当然よね）

四年前アルベルトが華々しく特級魔術師に就任してから、若い女性たちは彼に夢中になった。まだ十二歳と幼かった妹もそうだ。

社交界のゴシップが好きな使用人の間でも、だれがアルベルトを射止めるのかと話題になっていた。だが、彼は結婚する気がないようだった。美女と名高い令嬢の誘いや高貴な方からの婚約の打診も断ったらしい。

ソニアはあの叙任式以来アルベルトを見ることもなかったし、たまに風の便りを聞くだけで満足していた。

（それなのに、アルベルトさまが目の前に現れるなんて）

ひとり残された客間の窓から外を見ると、真っ青な空の下、聖エルドゥール火山が白い煙を上げていた。

うっすらとたなびく噴煙はソニアも見慣れたものだ。女神の火山はエルドゥール王国を象徴する聖地であり、旅人が手にする安価な土産絵にもなっている。

（あの日もこんな青空で、白い煙が上がっていたわね）

ソニアはあの日初めて、華やかな世界を垣間見た。そして神々の技のような魔法を簡単に操り、地形まで変えてしまう魔術師の姿にくぎづけになった。

今日の彼は当時の印象とはずいぶん違っていたけれど、忙しい魔術師を無理やり家庭教師として雇うなんて彼じゃなくても怒るだろう。

アルベルトが帰ったことに気づいた継母が客間に来るまで、ソニアは特級魔術師叙任式の思い出にひたっていた。


ソニアに婚約の話が持ち上がったのは今から一年前、十七歳のときだ。

十六歳のデビュタントから一年間、何度か婚約者探しの夜会に出席させられたが、求婚者どころかダンスに誘う相手すら現れない。

出席している令嬢たちがソニアを見てくすくすと笑う。

『あの子が噂《うわさ》の幽霊令嬢かしら』

『王城の七不思議に出てくるアレ？』

『王子さまに恋をしてふられた醜い令嬢の幽霊だったわよね。最後は塔から身を投げたとか？』

白茶けた髪と青白い顔のソニアは、いつからか『幽霊令嬢』と嘲笑われるようになっていた。

そんなある日、王都に店を構える中年の商人から婚約の申し出があった。正妻の娘である妹のほうではなく、平民の血の混ざったソニアなら嫁にやってもいいと子爵は申し出を受けた。

商人は多額の結納金と引き換えにしても、貴族を妻にして箔《はく》をつけたいらしい。

『結婚はおまえが成人したらすぐだ。それまでに暖炉の火くらいつけられるようになっておけ』

父親から告げられた結婚の条件はふたつ。

初歩でいいから魔法を使えること。そして、結婚後ソニアの魔力を受け継いだ子が生まれたら、愛人を本宅に呼び寄せるのでソニアは別宅に移ること。

話を聞かされたとき、ソニアはこっそりと大喜びした。

（よかった。これで家から出られる。しかも別宅で暮らせるなんて！）

けれど、それから一年経っても前提条件を満たせない。魔力が発現する気配はなく、父はしぶしぶ家庭教師を用意した。

それが彼だった。

名門侯爵家の三男でエリート魔術師。おまけにソニアの淡い初恋の相手だ。

初めての顔合わせで、アルベルト・リンドグレーンが子爵家の客間にさっそうと現れたとき、ソニアは驚きで硬直してしまった。

四年間、憧れの王子さまのように思い浮かべていたアルベルト本人がすぐそこに立っている。

同席していた父がニヤニヤと笑いながら頭を下げた。

『アルベルト卿《きょう》、まさかリンドグレーン侯爵家が特級魔術師である卿を派遣してくださるとは思ってもみませんでした』

アルベルトは淡々と返事をする。

『曽祖父がノーディン子爵家に世話になったそうですね。その借りを返してくるようにと言われました。わかっていると思いますが、貴家の願いを聞くのはこれきりです』

『もちろん承知しております。ただ、魔術師の家系として名高いリンドグレーン侯爵家にご指導をお願いしたのは時間がないからなのです』

『時間が？』

『はい。この出来の悪い娘の結婚が決まっております』

そう言って彼はうしろに控えていたソニアの背中を押した。

　ソニアは転びそうになりながら前に出る。緊張のあまり、彼女はほとんどふたりの話を聞いていなかった。

『魔法を使えるようになったらすぐにでもと望まれているのですが、これは魔力の発現すらまだのようでして』

『…………』

『三か月後の結婚式までに魔力が発現しなかったら、この話自体がなくなってしまうのですよ。娘の幸せのためにもぜひお力添えをいただきたく』

『三か月ですか』

　アルベルトの漆黒の瞳がソニアを捉えた。

『貴族の血を引いているのに魔法が使えない。魔力の発現の兆候もない。となると、荒療治が必要かもしれませんね』

『どうとでもしてください。今回の話が破談になったら妾《めかけ》の口でも探すしかありませんからな』

　大切なのは娘の幸せではなく結納金。破談は避けなければならないと考えているのだろう。

　アルベルトはそんな子爵には目もくれず、無表情にソニアを眺めていた。平板な声で子爵に告げる。

『わかりました。では、まずご令嬢とふたりで話をさせてください。できるだけ早く終わるよう策を考えます』
　そして、ソニアは最初の授業を受けたのだった。

「ソニア、なにをぐずぐずとサボっているの？　アルベルトさまはもうお帰りになったのでしょう⁉」

　客間に入るなり大きな声を上げたのは、ソニアの継母――ノーディン子爵夫人ビルギッタだ。

「申し訳ございません、お母さま」

「母などと呼ばないでちょうだい。汚らわしい。奥さまと呼べと言ったでしょう」

　ビルギッタは人前ではソニアに『お母さま』と呼ばせるが、屋敷の者だけの場では決して許さない。

「さっさと下働きの仕事に戻りなさい。卑しい売女の娘め」

「すぐに参ります、奥さま」

　早足で厨房《ちゅうぼう》に向かうと、扉の外にごみの袋が置かれていた。それを分別して片づけるのがソニアの役目のひとつだ。

　まだ使えるものは綺麗にして納屋にしまい、残飯や調理くずは自分で裏庭に穴を掘って埋める。

高貴なる召使い——屋敷の中でソニアはそう嘲笑されていた。客が訪れる日だけ、お嬢さまとして扱われる無給の下女だ。

子爵と使用人との間の子供であるソニアは、継母に心底憎まれていた。

ビルギッタが嫁いできてから数年間妊娠しなかったこともあり、ソニアは実母と引き離され子爵の娘となった。だが、その二年後にようやくビルギッタが娘を生んだ。

それからソニアの扱いはどんどんひどくなっていった。

「ふう……」

ごみを捨てるために掘った穴を埋め戻しながら、額の汗をぬぐう。

晩餐の準備をしようと行きかう使用人たちが、彼女を避けて通りすぎていく。

子供のころは同情してくれた人もいた。数年は乳母も残っていた。でも、彼らがビルギッタに解雇されるとソニアをかばう者はいなくなった。

そんな生活が続いていても、楽しみはある。

「今日の収穫はこれね」

ソニアはかすかに微笑んだ。

エプロンのポケットから薄い木の皮を取り出す。木の皮には先を尖《とが》らせた炭で文字が書きつけられている。

「小麦、豚肉、ニンニク、ひよこ豆、葡萄《ぶどう》酒、鰊《にしん》の燻製《くんせい》。あら、お魚は珍しい」

料理人が食材を発注するための簡単なメモ。たまに捨てられているその覚書が、ソニアには宝物だ。

にっこりと笑って、木の皮をふたたびポケットにしまう。

ソニアが教育を受けたのは、六歳から八歳までの二年間だけ。幼い妹が読み書きを習い始めたとき、部屋の隅で聞いていてもいいと許されたのだ。

将来よい条件の結婚相手を見つけるため、最低限の教養は身につけておくようにと父に告げられた。継母には、授業を受けさせてやる代わりに、それ以外の時間は使用人として働きなさいと命じられた。

授業は二年間で打ち切られてしまったけれど、基本的な読み書きを学べたことには感謝している。捨てられたメモでも、掃除の最中目に入る本の背表紙でもいい。文字を読むのは楽しい。

「難しい単語もだいぶ覚えた気がする！」

ソニアは文字が好きだった。

見たことのない綴《つづ》りの単語の意味をメニューから想像するのも、知っている言葉を組み合わせてどんな食材なのか考えるのもおもしろい。

自分ではどうにもならない状況も多いけれど、小さな幸せを探しながら前向きに生きていこうと改めて思う。

「きっと明日はいいことがあるわ」

青空に漂う聖エルドゥール火山の白煙をちらりと見上げると、ソニアはごみの穴を埋めるために鋤《すき》を持ち直した。

＊　＊　＊

アルベルトがふたたびノーディン子爵邸を訪れたのは、魔力測定をした日から一週間後だった。

時間が惜しいので今後改まったあいさつは不要だと、子爵に告げたらしい。当主夫妻の出迎えはなく、彼は執事に案内されてひとりで客間に入ってきた。

「前回説明したように、魔力の発現には性的な成熟が不可欠です」

あいさつもなく突然切り出したアルベルトに、ソニアは目をまたたかせた。まだソファーに腰かけていないし、お茶を出してもいない。

「……はい……？」

「たった一週間前のことを忘れたのですか？」

アルベルトの表情が凍りつくような冷たさを帯びた。

「お、思い出しました。性に目覚めると、難しい魔法を使えるようになると先生はおっしゃいました」

「先生はやめなさい。あなたと師弟関係を結ぶつもりはない」

アルベルトは黒いローブをひるがえし、ソファーに座った。ソニアが淹《い》れた紅茶をひと口飲んで顔をしかめる。

「相変わらずまずい。茶葉もよくないし、茶の淹れ方もなっていないですね」

ティーカップを置いてから、彼は改めてソニアに向き直った。

「あなたのお父上には三か月間で魔力を発現させてほしいと頼まれましたが、僕もそんなに暇ではありません」

「……はい」

「週に一度指導に来ます。そして、半分の一か月半、六週間以内に終わらせます。そのためには思い切った処置もしますが、苦情は受けつけません」

「わ、わかりました」

アルベルトはまずいとつぶやきながらも紅茶を飲み干し、深いため息をつく。

「あなたに一から魔法の理論を教えている時間はありません。実技で行きます」

「実技?」

「実際に体を使って教えるということです。まったく気が進みませんが、しょうがない」

もう一度ため息をつくと、両手の黒いショートグローブを外す。節くれだった長い指が午後の日差しを受けて白く光った。

「こちらに座りなさい」

アルベルトは憂鬱そうな声でソニアに命じた。

隣に座ってもいいのかためらっていたら、アルベルトが性急に手を伸ばし、彼女の腕をつかんだ。

「あっ」

彼の上に倒れ込みそうになって、慌ててソファーにひざをつき背中を反らす。がんばって耐えているのにまた腕を引かれて、ソニアはアルベルトに抱きつく体勢になってしまった。

「ごめんなさいっ！」

離れようとするけれど、体を動かせない。一見細身に見える男の腕が、がっしりとソニアの腰を拘束していた。

アルベルトはソファーに腰かけたまま長い足を開くと、捕まえたソニアを足の間に据える。

「アルベルトさま!?」

「黙って」

ソニアはあっという間にうしろから抱きしめられていた。

子供のころ、妹がお気に入りのぬいぐるみを抱っこしていたのを思い出した。今は自分がぬいぐるみの立場だ。

「で、でも！」

「まったく。静かにしなさい。必要がなければ、こんなことはしません」

アルベルトは背が高い。背後から密着されると、華奢《きゃしゃ》なソニアの体は完全に包み込まれてしまう。

ソニアはどうしたらいいのかわからなくて体を強ばらせていた。

「前にも言ったでしょう。そんなに緊張していると、魔力をうまく流せません」

アルベルトの低い声が耳のすぐ上から聞こえ、ソニアは身をすくめた。

腰を拘束していた男の手が慎重に動いて、ソニアの両手を包む。重ねた手からあたたかい魔力がゆっくりと流れ込んでくるのを感じた。

「僕だって好んでやっているわけではない。こんなことはとっとと終わらせたいのです。あなたも協力しなさい」

そう言われても、こんな状況では緊張をとくことができない。

アルベルトが「はあぁぁー」とうんざりしたような声をもらした。

「魔力を発現させるための手順ですが、まずこうして僕の魔力を流します。あなたは魔力がどういうものなのか、その感覚を覚えること」

「……はい」

「そして眠っている魔力を引き出すために、あなたの性的な成熟を促します」

「成熟を促す？」

「簡単に言えば、あなたの体に快感を覚えてもらうということです」

ソニアはぽかんと口を開けた。

「は？」

「女性はこうして男に抱きしめられて、性感帯を刺激されると快感を得るそうです」

「せ、せ、せいかんたい⁉︎」

「最初に、首筋から耳にかけてさわってみましょう。ほかの部分よりはハードルが低そうだ」

アルベルトの手のひらがすうっとソニアの腕をたどり、首をなでる。

「なにを、きゃっ」

硬い指先が耳たぶをつまむと、ソニアは思わず悲鳴を上げた。

「どうですか？」

「どうと言われても……くすぐったいです」

「おかしいですね。資料本には、女性はとくに耳が弱いと書いてありましたが」

「資料本とはなんですか？」

本と聞いて、ソニアはつい尋ねてしまった。

料理人のメモや書斎にある本の背表紙だけではなく、いつか本の形をしたものの中身を読んでみたいというのがソニアの夢だ。

（女性の弱点についての本もあるのね。世の中にはいろんなものがあるんだわ）

感心しながらアルベルトの返事を待っていたのだけれど、魔法については饒舌《じょうぜつ》な魔術師がなぜか黙り込んだまま答えない。

聞いてはいけないことを聞いてしまったのかもしれない。焦《あせ》っても気の利いた言葉など出てくるはずもなくうろたえていると、アルベルトが咳《せき》ばらいをした。

「資料本は資料本です。あなたは知らなくてもよい」

「はい」

「さて、耳もさわるだけではだめなのかもしれません。唇で愛撫《あいぶ》すると効果的だそうですが、どうでしょうね」

「くちびる……」

「あなたは動いてはいけませんよ。ただ感覚を研ぎ澄ませて、僕の唇の感触に集中しなさい」

そう言うとアルベルトはソニアの首筋に顔をうずめた。

「ひっ！」

熱くぬめったものが耳のうしろを這《は》う。今まで感じたことのないこそばゆさが背筋を走った。

（これはなに？　アルベルトさまの唇？）

でも、たとえ唾液で濡《ぬ》れていたとしても、唇はこんなにぬめってはいない。

唇よりももっと分厚くて、熱くて、自在に動くもの。

（唇じゃない、これは舌だ）

体温を感じさせない、冷たい美貌の男。その薄い唇から現れる赤い舌。

「ん、んぁ……」

その舌が別の生き物のようにうごめくさまを想像してしまって、ソニアはうめき声を上げた。

（動いてはだめ。声を出さないようにしないと）

軟体動物が這っているような奇妙な感触を残しながらアルベルトの舌が動き、ソニアの耳にたどりつく。そこで、こりっと耳介を噛《か》んだ。

息を呑《の》んだソニアは両手で自分の口を押さえ、必死に声をこらえる。

「さあ、どうです。なにか感じましたか？」

いつの間にか唇を離したアルベルトが、研究者のまなざしで見下ろしていた。

「胸が苦しくて、変な気分です」

「変？　気持ちいいのではなく？」

「気持ちいい……？」

彼が不機嫌になったのを感じて、ソニアは慌てて付け加えた。

「気持ちいいと感じるのは、抱きしめていただいているときです。……ぎゅって」

「ふむ、抱きしめられているとき。こうですか？」

アルベルトの腕がソニアの胸の前に回る。

覆いかぶさる男の体温にソニアの胸が高鳴った。

「ふわふわするような、ドキドキするような気持ちです。たぶん、これが気持ちいいってことですよね？」

「うーん、僕の知っている快感とは違う気がしますが」

首をひねって考え込むアルベルト。

ソニアは心の片隅で、彼の疑問に答えが出なければいいのにと願ってしまった。

（あたたかい。こんなふうに抱っこしてもらうのはいつ以来だろう）

乳母は使用人の目を盗んで、幼いソニアを抱きしめてくれた。

顔も思い出せない乳母のぬくもりが懐かしい。切なさが込み上げてソニアは涙ぐんだ。

（もう少しだけ、この腕の中にいられたら……）

なにかが自分の中で動いたのを感じたのは、ふっと体の力が抜けたときだ。

（あ……なんだろう、これ）

胸の奥でうごめく、小さな炎のような揺らぎ。

わずかなソニアの戸惑いをアルベルトは見逃さなかった。

「魔力を感じ取りましたか？」

アルベルトがもう一度ソニアを強く抱きしめる。

背中があたたかい。ほっと吐息をもらしたくなる安心感と、そわそわとした焦燥《しょうそう》感がせめぎ合い、心が震える。

暖炉の火や焚《た》き火とは異なる生き物の熱。自分と違う男の匂い。

アルベルトの存在を今まで以上に生々しく感じる。

「気持ちいいですか？」

「……気持ちいいです」

「あなたの中で凍っていた魔力の塊がとけ始めたのでしょう。僕がいない間も快感のイメージを繰り返し思い浮かべなさい」

頬が熱くなる。胸の奥の炎が、またゆらりと揺らめいた。

（快感……）

快感と表現すると淫らだけれど、その炎はアルベルトの体温にも似て心地よくあたたかい。

ソニアはそっと胸に手をあてた。


「あ、お姉さ……ソニア？　お客さまだったのね」

玄関ホールでアルベルトを見送ろうとしていたら、背後から若い女性の声がした。ソニアが振り返ると、そこには目をみはるような美少女がいた。

妹のエステルだ。

エステル・ノーディン、十六歳。母親のビルギッタから受け継いだ金色の髪と、父親譲りの――ソニアと同じ緑色の瞳。

エステルは人前ではソニアを呼び捨てにする。けれど、どういうわけか母とは違い、周囲にだれもいないときには『お姉さま』と呼ぶ。

「魔術師のアルベルトさまをお送りするところです」

「まあ、あのアルベルト・リンドグレーンさま⁉」

華やかなドレスをまとったエステルが、目をキラキラと輝かせて近寄ってきた。胸の前で両手を組んでアルベルトを見上げる。

社交界へのデビューを控えたエステルは、ほころび始めた花の蕾《つぼみ》のような初々しさを漂わせていた。

「はじめまして、アルベルトさま。わたくし、ノーディン子爵家の次女エステルと申します」

「ああ、妹君ですか。どうぞよろしく」

アルベルトは素っ気ない態度だ。

エステルが美しいからとか、大切にされている娘だからという理由で変わることなく、だれにでも平等に冷淡な表情。そのことになぜかほっとした。

「アルベルトさま、特級魔術師の叙任式で拝見してから、ずっとお会いしたく思っておりましたの」

「そうですか」

「実際にお目にかかると、さらに素敵な方ですのね。わたくし、驚いてしまって」

憧れの有名人が目の前にいる。ソニアにはその驚きと夢見心地な気分がわかる。

エステルは浮かれた様子でまだ話を続けようとしているが、アルベルトの眉間のしわが深くなっていた。そろそろ切り上げたほうがいいかもしれない。

「エステル、アルベルトさまは次のお仕事に向かわれるので、お話はまたの機会に」

「まあ！　お引き止めしてしまってごめんなさい」

素直に謝るエステルにアルベルトもそれ以上気を悪くすることなく、さっさと帰っていった。

（エステルにも怒られるかしら）

さっき呼び捨てにしたことだ。

エステルはソニアの妹であって、妹ではない。両親を旦那さま、奥さまと呼ぶのと同じく、本来ならお嬢さまと呼ばなければならない。

屋敷の中でエステルを妹扱いすることは許されていない。けれど、両親に対する呼称の使いわけと同様に、他人の前では家族として振る舞うように命じられていた。

エステルはソニアを気にする様子もなく、アルベルトが出ていった玄関の扉をうっとりと見つめていた。

「なんて素敵な方なの」

エステルの頬がほんのりと紅潮している。大きな瞳が潤んで、涙をこぼす寸前のように見える。

「アルベルトさま……」

妹のまとう雰囲気がさっきまでと変わっていた。美しい少女は柔らかい日の光を受けて、ふわりと輝いているようだった。

＊　＊　＊

その晩、エステルの魔力が完全に覚醒したらしい。翌日の朝食の席で妹が両親に報告しているのをソニアは給仕しながら聞いていた。

「わたくし、やっと自分の魔力を把握しましたわ」

「そうか、おめでとう」

「エステル、よかったわね。おめでとう」

父も母も満面の笑顔だ。

「これで安心して、立派な殿方を婚約者に迎えることができるわね。子爵家を継いでいただく方ですもの。吟味して選ばなければ」

「ありがとうございます、お母さま。でも、まだ婚約は……」

「あら、せっかく魔力が発現したのに？」

見る見るうちにエステルの頰が真っ赤になった。

「実は、アルベルトさまにひと目惚《ぼ》れしてしまったのです」

「まあ！」

「アルベルト卿にか！」

子爵夫妻の驚きの声が食堂に響く。

「わたくし、どうやら魔力量は多くないようですし、アルベルトさまとつり合わないのはわかっていますの」

三男とはいえアルベルトは侯爵家の人間だ。ノーディン子爵家とは身分が違う。

身分の差はそのまま、血筋の魔力量の差。だから同じ貴族でも上級と下級が結婚するのは難しいのだとソニアも聞いたことがある。

エステルもそれは知っているようだった。

「現実的ではないのは承知しています。だけど、もう少しだけ、この気持ちを大切にしていたいの」

「本当に純情でかわいらしい娘に育って」

娘を見つめるビルギッタの目が潤んでいた。父親も目を細めている。

「それほど卑下する必要はないだろう。エステルの美しさなら、アルベルト卿がその気になってもおかしくない」

「そうね、王族に見初められてもおかしくはないわ」

恥じらうエステルを微笑ましそうに眺める両親。

父があごひげをなでながら含みのある口調で言った。

「ノーディン子爵家もこのままでは終わらないからな。今の根回しがうまく行けば、爵位も上がるかもしれない」

「あなた」

その途端にビルギッタの厳しい声が飛んで、子爵は危険を察知した亀のように首をすくめる。

ソニアは父親の言葉に違和感を覚えた。

（爵位が上がる？　この平和な世でそんなことがあるのかしら）

昔は戦争で大きな手柄を立てて爵位が上がった人がいた、という話は聞き覚えがある。

爵位が上がると、魔力の強い上級貴族の娘が嫁いできて、その家系の魔力量を上げていくのだそうだ。

湧き上がった疑問を考えようとしたとき、エステルが微笑んだ。その笑顔の美しさに、かすかな違和感が吹き飛んでしまう。

彼女は幸せそうに笑ってつぶやいた。

「わたくしはひそかに想っているだけで満足ですわ」

妹はこれまでよりもさらに綺麗に見えた。

愛されるために存在しているような少女。半分は血がつながっているのに、自分とは正反対だ――そう思ったとたん胸が苦しくなった。

アルベルトの体温。ソニアを包み込んだ男の胸の広さ。耳もとにかかった彼の吐息を思い返す。

どくん、とソニアの中の魔力がうごめいた。顔が熱くなり、冷えた指先へと一気に血が通い始める。

（これが魔力。わたしの奥で魔力が芽吹いている……）

昨夜エステルもまたアルベルトを想いながら、このひそやかな悦びを知ったのだ。

魔力と同時に目覚めた嫉妬のような感情に戸惑って、ソニアはそっと目を伏せた。

第二章　女嫌いによる安心安全な性教育

騎士団の訓練場に剣のぶつかる金属音が響く。

一方の男は甲冑《かっちゅう》を着ているが、もう一方は軽装のサーコートだ。剣の刃を潰してあるとはいえ当たったら大怪我をする。

「はっ、ふっ」

「くうっ」

演武を舞うように剣をかわす細身の男。

甲冑が大声で怒鳴りつけた。

「おいおまえ、本気でやれ！」

「本気でやったら、勝負にならないでしょ」

「なにを、こいつ！」

甲冑の男が踏み込んで剣を振るうと、相手は軽く飛んで鋭い剣筋を避ける。

訓練場の隅で見学している若手騎士たちは白熱した模擬試合に固唾を呑んだ。

「おお……」

「すごい試合だな」

細身の男の剣が甲冑の喉もとに迫る。背を反らした甲冑の男はかろうじて避けるが、金属の鎧《よろい》の重みもあって倒れてしまった。

軽装のほうが倒れた甲冑にまたがり、喉に剣を突きつける。

「勝負あり。ここまでですね」

「身体強化の魔法か、アルベルト？　たいしたもんだな」

甲冑の男が剣を手放し降参すると、騎士には見えない細身の勝者はひょいっと立ち上がった。

「今回は敏捷性《びんしょう》を強化してみました」

身軽なサーコートの男は、特級魔術師のアルベルト・リンドグレーン。

涼しげな美貌の魔術師は額の汗をぬぐった。黒い髪もしっとりと濡れている。

アルベルトは一見優雅な貴公子に見えるが、体を動かすことも好きだった。職務で騎士とかかわることも多いため、よく騎士団を訪れる。

「なるほど。力技なら対抗できるが、敏捷性を上げられると厄介だ」

「まあ、身体強化魔法は効率がよくないので、それほど長時間は使えません。いざというときの切り札にしかならないでしょうね」

周囲で見ていた騎士たちも練習試合について語り合っていた。聞こえてくる野太い声に魔術師が勝ったことへの反感はない。

それくらいアルベルトは騎士団になじんでいた。

「これで二勝一敗ですね。ラルフ、今日はここまでにしましょう」

「けっ、勝ち越しで終わらせようって魂胆か。だが、もう日暮れ近いしな。今夜も飯に行くか？」

　さばさばとした様子で兜《かぶと》を脱いだ男――ラルフ・ファルクマンは真っ赤な短髪に青い瞳をしている。長身のアルベルトよりもさらに背が高く、騎士らしい筋肉質な体格だ。

「そうですね、久しぶりに試合をしたら腹が減りました」

「俺はもう腹ぺこだ」

　見学していた若い騎士にラルフが声をかけた。

「おい、片づけを頼む。整地もしておいてくれ」

「承知しました、団長！」

　ラルフは王都の防衛を職務とする第二騎士団の団長だ。伯爵家の人間だが魔力には恵まれておらず、剣術が得意だったこともあって騎士となった。

「アルベルト、『白い仔馬亭《こうまてい》』でいいか？」

「ええ、あそこのブラッドソーセージは絶品ですからね」

　ざっくばらんで裏表のないラルフは、アルベルトが対等に付き合える数少ない友人だった。

「では、沐浴《もくよく》してから落ち合いましょう。いつもの席で」

「じゃあ、あとでな」

片手を挙げてあいさつすると、ふたりは騎士団の建物のそれぞれの部屋に戻っていった。


騎士団御用達の酒場、白い仔馬亭は騎士たちでにぎわっていた。

一番奥の席には黒髪の魔術師と赤毛の騎士。テーブルには麦酒が並んでいる。

「そういやアルベルト、おまえ家庭教師を始めたんだって？」

「なんであなたが知っているんですか。もう騎士団にまで話が回っている？」

「まあな。女嫌いのおまえが子爵令嬢の教師だなんておもしろすぎるだろ」

ラルフがからからと笑った。

アルベルトは正面に座る男の太い二の腕をこづいて、ため息をついた。

「で、どうだ？」

「どうとは」

「ご令嬢だよ。……大丈夫なのか」

からかうような口調だが、彼はアルベルトが女嫌いになった理由を知っている。人のいい親友は心配してくれているのだろう。

「意に添わぬ状況ではありますが、最悪ではありません。予想していたよりはマシでしたね」

「言い寄られたりはしていないのか」

「そうですね。それ以前の問題で、魔力の自覚から始めなければならないのが厄介ですが。しかも急ぎで」

アルベルトは『生徒』のことを思った。

ノーディン子爵家の長女ソニア。

下級とはいえ貴族階級の娘なのに、なんというか貴族らしさがない。栄養状態の悪い貧民街の子供のようなぱさついた髪や骨ばった体だけではない。アルベルトに対する緊張の仕方は平民のようだった。

「ふーん、魔力を自覚していないってことはまだ子供か」

「年齢は十八歳で成人しています。ただ精神的に未熟というか性的に無知で、欲を感じたことすらないようです」

「十八で性欲がない⁉　ゴフッ、ゲホゲホッ」

ラルフが麦酒を噴き出しそうになりながら咳き込む。

「汚いですよ」

「ふぅーっ、すまんすまん」

数日前、自分の腕の中で縮こまっていた細い肩を思い出した。直接的な肌への刺激よりも、抱きしめられているほうが気持ちいいと頬を赤らめたソニア。

その感覚はアルベルトの知っている性的な快感とは違う。男女の差なのかもしれないが、女性とそういう話をしたことがないのでわからない。

(快感とは、もっと激しいものだろう。自分ではどうしようもない、圧倒的な欲望の奔流だ)

冬眠から目覚めたばかりの獣が抱くような強烈な飢餓感と、身の内にたぎる炎が噴出するような解放感。睾丸《こうがん》にたまった精子が尿道を駆け上がってくるその瞬間、頭が真っ白になるほどの快感が訪れる。

「魔力がなくて、性的な成熟が遅れているわけじゃないんだよな?」

麦酒で汚れた口もとをぬぐったラルフが首をかしげた。

「これは内密にしてほしいのですが、彼女の潜在的な魔力量はかなりのものです」

「ほう。それはめでたいことなのに、なぜ隠さなければならない?」

「家庭環境に問題があります」

最初は彼女が単に愚かなのかと思ったが、話してみると物を知らないだけで理解力はあるようだ。周囲の態度を見ると、たぶん彼女は家人からないがしろにされ教育も受けていないのだろう。

「妾の子ということもあってまともに扱われていないようです。今回の依頼も魔力目当ての平民に嫁がせるためという理由でした」

「ふむ」

「金が絡んでいるのでしょう。彼女の能力を知られると状況が悪化する可能性が高い」

「おまえがそこまで女を気遣うなんて珍しいな。筋金入りの女嫌いなのに」

「嫌いですね。僕の人生には必要のないものです。できれば一生近寄りたくない」

「まあ、そういうなよ。俺がやった例の『本』は役に立ってるんだろ？」

にやにやと笑う男を睨《にら》みつけてから、アルベルトは酒場の女給に葡萄酒を頼んだ。女給は忙しそうにおざなりな返事をすると調理場の奥に入っていった。

夜の酒場のにぎわいは盛りを迎えている。

ラルフが時折寄越す本は、男女の体や性についての医学書だ。

その書籍はアルベルトの数少ない『資料』だった。詳しい閨事《ねやごと》の知識はそこから得たし、自らを慰めるときも使っている。

(写実画やわいせつな本は生々しくてかなわないからな)

昔から生身の女を連想させるものでは欲望を昇華できない。要するに、抜けないのだ。

女体を想像するのは気持ち悪いのだが、自慰をするには刺激が必要だった。だから、医学論文で情動を高めて欲を発散している。

「……葡萄酒の銘柄が変わったのでしょうか」

女給が運んできた葡萄酒の香りをかいでから口を付ける。

「そうか？」

「ずいぶん芳醇だ。熟成した深い香りがする」

この酒場は貴族の子弟も通うだけあって、案外いい酒を用意している。

しばらく無言で葡萄酒を楽しみながら、アルベルトは例の本とソニアについて考えていた。

（あの本の女の性感帯についての記述は結局、間違っていたのか？）

アルベルトには女性経験がない。事情があって女を嫌悪しているのだ。

ただ、魔力量と性欲はだいたい比例する。アルベルトも性欲は強く、しょうがなく毎晩自分で処理している。

（それとも僕の手順に間違いがあったのだろうか）

本の内容どおりソニアの耳に愛撫を施したのだが、くすぐったがられてしまった。

あれは先週の二度目の授業のときだ。

『女性はこうして男に抱きしめられて、性感帯を刺激されると快感を得るそうです。どうですか？』

『どうと言われても……くすぐったいです』

『おかしいですね。資料本には、女性はとくに耳が弱いと書いてありましたが』

『資料本とはなんですか？』

そういえば、ソニアに本のことを口走ってしまったのは失敗だった。

アルベルトは葡萄酒をぐいっと飲み干して、最近癖になった深いため息をついた。

「彼女はソニア・ノーディンというのですが」

「ほう、ソニアか。いい名前だ」

「さすがに想う男はいるようですが、口づけすら想像したことがなさそうでした」

「今どき、そんなにうぶな娘がいるんだなあ」

にやつきながら感慨にふけるラルフは、ぎりぎり二十代で独身だ。

「ラルフ、親父くさいですよ」

「うるせぇよ」

ラルフは子供のように唇を尖らせた。

大の男が気色悪いが、騎士は女性にもてる職業で彼も結構遊んでいるらしい。

「アルベルト、さっきお嬢さんに魔力を自覚させるって言ったよな」

「ええ。それがなにか？」

「それって、そのうぶな子を性的に成熟させるってことなのか？　魔力が発現するのを待つ時間はなさそうだが」

「そうですね」

「いやー、うん、そうか。おまえ……できるのか？」

「どういう意味です？」

「だっておまえが、あーその、女性に性教育をするというのは想像できなくてだな」

ほかの人間にそんなことを言われたら攻撃魔法で吹っ飛ばしていた。

だが、彼は心から自分を気遣ってくれる親友で、血のつながった兄よりも兄らしい存在だ。アルベルトは冷たい目でラルフを一瞥するだけにとどめた。

その手の話題は好きではないが、ふっと思い直す。

（困っているのは確かだし、こんなことを相談できるのはこの男しかいないしな）

アルベルトは思い切ってラルフに聞いてみることにした。

「あなたにもらった本は間違ってはいませんか」

「ん？　なんの話だ」

「手っ取り早くソニアの性的な感覚を目覚めさせようと思って、あの本のとおりにしたのですが、うまく行かないのです」

「は？　……はあ⁉　あの本のとおりに⁉」

ラルフは今度こそ盛大に麦酒を噴き出した。

「ゴホッ、ゴホゴホッ」

「……汚いな」

「いや、だっておまえ」

咳き込みながら上着のポケットから布を取り出し、顔とテーブルをふくラルフ。

酔っぱらいも多いので、この程度では女給も寄ってこない。

「アルベルト、彼女になにをしたんだ。事と次第によっちゃあ、まずいんじゃないか？」

「たいしたことはしていませんよ。耳をさわって舐《な》めただけです」

「耳……」

「それに多少過激な方法を取ることについては、彼女の両親の許可も得ています。あと三か月弱で魔法を使えるようにならなければ、彼女は妾として売られるそうなので」

「そうか」

貴族にとって魔力は重要だ。魔力が多く魔法を巧みに使いこなせれば出世できる。女性なら上の階級の貴族と縁を結ぶことも可能だ。

だが、逆に魔力が少ない場合、男ならラルフのように魔法以外の価値を付けなければならないし、女性の選べる道はさらに狭まる。それこそ低い身分の家に輿《こし》入れするか、後妻や妾となるか、金と引き換えで平民に嫁ぐか……。

「まあ、年の離れたじいさんの妾になるよりは、平民になっても大事にされたほうがいいか」

「僕もそう思います」

貴族社会では魔力量の多い男女で結婚し、魔力の多い子をなすことが求められるのだ。

「おまえ自身の結婚話はどうなってるんだ。そろそろ身を固めろってうるさいだろ」

「そうでもないですよ。僕の体質は、両親もわかっているので」

特級魔術師であるアルベルトには当然婚約の申し出も多いが、すべて断っていた。両親は、強大な魔力量につり合う娘をゆっくりと探せばいいと言ってくれている。

「僕のことはさておき、女性の快楽についてですが」

「お、おう」

「どうすれば効率的に目覚めさせられますか。ラルフならわかるのでは？」

「……効率的……か。はあぁ」

頭を抱えたラルフが、アルベルトよりも深いため息をついた。

新しく頼んだ麦酒が来ると、大杯を傾け口に流し込む。

「あのな、おまえが俺をどう思ってるのかは知らんが、俺は効率で女を抱いたことはないぞ。そりゃあ全部本気だとは言えないが、抱くからには相手にも気持ちよくなってもらわないと悪いしな」

「なるほど？」

表情を変えずに、あいまいな返事をするアルベルト。

ラルフは短い赤毛をかき回して「うう、この朴念仁にどう説明したらいいんだ」とうなると、急に真面目な顔になった。

「いいか、アルベルト、もちろん個人差はあるが、女は意外と繊細な生き物だ」

「到底信じられませんが」

「まあ、聞け。女は突然さわられたり、愛撫をされたりしても感じない。なんの好意も持っていない相手ならなおさらだ。男が急所をつかまれるようなもので、危機感を覚えるだけなんだ」

「では、どうしたらいいんです。軽く抱きしめたときには彼女も気持ちよさを感じたようですが、それでは魔力の発現には足りない」

「そうか、抱きしめるくらいはしたのか」

ラルフがしょうがないなというように苦笑する。

「抱擁を心地よく感じているのなら希望はあるぞ。まず大切なのは雰囲気作りだ」

「雰囲気とは？」

「女は快感を得る前提条件として、精神的な安心感がないといかんらしい。くつろいでゆったりした気分になることで、相手への信頼が芽生える。そういう体験を積み重ねて、初めて体をゆだねたいと思うそうなんだ」

アルベルトは首をひねった。

これまでアルベルトが求めなくても、周囲に人が集まってきた。圧倒的な才能に魅せられた者、それを利用しようとする者。男も女も老いも若きもだ。

自分から働きかける必要がなかったので、人との信頼関係など気にしたためしがない。

しかも相手はもっとも苦手とする、女という生き物だ。

（つまり快楽に目覚めさせるには、彼女が僕に慣れることとリラックスすることが必要なのか）

その条件を手際よく満たすためにどう動くか……。

考え込むアルベルトの額をラルフがからかうように指でつついた。

「そう深く考えるなよ。要するに、心を開かせればいいのさ」

「どうしたらいいのか、さっぱり見当が付きません」

「自分だったらどうか考えてみればいいんじゃないか。なにを思っているのかわからない相手を信じるのは難しいだろう？　向こうだってそうさ。心を開かせたいのなら、まずはこちらが歩み寄らないと」

「心を開かせるために、心を開いてみせる――等価交換ということですね」

「お、おう？　まあ、そうかな？　うーん、どうなんだ？」

ラルフが青い目をぐるぐる回して悩んでいる。アルベルトは額をつつかれた仕返しに、テーブルの下でラルフのすねを蹴った。

＊　＊　＊

これまで周囲にいた女たちとは少し違うかもしれない。

それがソニアに対する現時点での評価だ。

『水がたまってる！　初めてです。わたしにも魔力があるなんて！』

アルベルトの魔力を自分のものだと勘違いして喜んでいた少女。

彼女は不遇な境遇のわりにはひねくれておらず、無邪気で純真に見えた。少なくとも今のところは、アルベルトの知る汚らわしい女たちとは違う。

今日は三回目の授業だ。

ノーディン子爵邸の客間で、ソニアが慎重に紅茶を淹れている。茶葉は持参したもので、客間には芳香が漂った。

慣れた香りに満足しながら、アルベルトは窓の外を見た。

王都の街並みの向こうに、聖エルドゥール火山の頂が見える。火山は穏やかに白煙をたなびかせていた。

馬車を半日ほど走らせれば行ける山の麓には温泉が湧き、貴族から庶民まで気軽に訪れることのできる保養地になっている。

（聖エルドゥール火山の保養地か。たしかあのときも春で……姉上の療養も兼ねて家族旅行に行ったのだったな）

その旅行以来、保養地には行っていない。できれば一生思い出したくない記憶だが、あの事件にこだわってしまうこと自体がアルベルトには屈辱だ。

アルベルトが十三になった年の春先だった。年の離れた姉が嫁ぎ先から戻ってきた。

離縁されたわけではない。もともと病弱だった姉の体調が悪化し、実家で落ち着いて療養したほうがいいだろうという婚家の判断で帰ってきたのだ。

晩春には姉の体調もよくなってきたので、気分転換も兼ねて旅行に出かけた。

（あれが姉上との最後の旅でもあった……）

アルベルトはその町の宿で、たまたまひとりになったところを年上の女に襲われた。

彼女はある貴族の夫人だった。噂の美少年の動向を陰からずっと監視していたようで、ひそかに追いかけてきたのだ。

今考えると、女はまだ二十代の若さだった。だが少年のアルベルトにとっては、自分よりも年かさで体格がよく、狂ったように迫ってくる女は魔獣と同じだった。

危機一髪のところを救い出されたのだが、女のギラギラした目が忘れられない。

アルベルトが神の御使いのように美しい子供だったこともあり、その後も何度か似たような事件が起こって、彼はすっかり女性が苦手になった。

「アルベルトさま？」

火山の白煙を眺めながらぼんやりしていると、女の小さな声がした。

「あ、ああ」

「お茶が入りましたので、よろしければどうぞ」

澄んだ緑色の瞳がアルベルトを見上げている。

ふと白い仔馬亭でのラルフの言葉を思い出した。

『自分だったらどうか考えてみればいいいんじゃないか。なにを思っているのかわからない相手を信じるのは難しいだろう？　向こうだってそうさ。心を開かせたいのなら、まずはこちらが歩み寄らないと』

アルベルトはソニアに自分の隣に座るよう命じた。

ソニアは体を硬くして、ソファーに浅く腰かける。ほつれた髪がひと筋、青白い頬にかかっていた。

「そんなに警戒しなくても大丈夫ですよ」

「……はい」

「僕はあなたに性教育をほどこさなければならないが、僕から一線を越えることは絶対にない。これは意志の強さの問題ではなく、単なる事実ですから」

わけがわからないというようにソニアが目をまたたかせた。

まあ、当然だろう。アルベルトは体の向きを変えて、彼女を正面から見つめた。

「僕は勃《た》たないから、本当に警戒しなくてよいのです」

固く閉じたソニアの心を開くために、アルベルトは自分の秘密をひとつ取り出してみせた。美しい顔に自嘲の笑みを浮かべる。

男として自慢できることではないが、異性に危機感を抱く女性にとっては安心できる材料となるだろう。

「たたない……とは、あの、どういう意味なのでしょうか」

アルベルトにとっては思い切った『等価交換』だったが、ソニアにはぴんと来なかったようだ。

「ああ、そうか。そこからですか。あなたは子供の作り方を理解していますか？」

「子宝を司る女神さまが結婚のお祝いに授けてくださる……のですよね？」

自分で言いながら自信がなくなってきたのか、ソニアの声は次第に小さくなる。

幼い子供のようだが、彼女の教育はそのくらいの時点で止まってしまったのだろう。

「たとえ結婚していなくても、男女がある行為をすれば子のできる可能性があります」

「結婚しなくても子供が？」

「ええ。その行為を性交といいます。男と女の肉体が交わることです」

「…………」

ソニアは目を大きく見開いて固まってしまった。

とにかく話を先に進めないとどうしようもないので、アルベルトは言葉を継ぐ。

「男性は性的な興奮によって勃起します。勃起とは、男性特有の性器が硬く大きくなることです。『勃つ』という言い方もします。その形状の変化によって、初めて男性器は女性器の中に侵入し、子種を植えつけることができます」

「ぼっ……き」

「そう。つまり男性と女性が子作りをするとき、必要なのは男性器の勃起です。わかりますね？」

口をぽかんと開けていたソニアは、アルベルトに確認されてハッと口を閉じた。うつむいてじっと考えていたが、かすかにうなずく。

「赤ちゃんは女神さまの贈り物ではなく、男性と女性がなにかをして作るんですね」

そして「あっ」と声を上げた。

「春先に、オス猫がメス猫の上に覆いかぶさっているのを見ました！　それから二か月ほどすると子猫が生まれます。もしかして人間も動物と同じなのでしょうか？」

「そのとおり。勃起したオス猫の性器がメス猫の性器に挿入され、射精——子種を吐き出すことで、メス猫は妊娠します。人間も同じです」

もともと研究者気質のアルベルトは楽しくなってきた。成長の早い幼子を見ているような気分でソニアをほめる。

「よろしい。その調子で学びなさい。いいですか？　問題は勃起です」

「はい」

「そこで僕の話ですが、僕の男性器は女性に対して勃起しません。だから、女性と性交することはできません」

「はい。勃起……しない？　え？」

「だから、警戒しなくてもいいのです。安心して僕に心を開くように」

「はい」

目を丸くしながらも素直にうなずくソニアを見て、アルベルトはしかつめらしい顔を作った。

(こんなところで勃起不全が役に立つとはな)

例の事件以来、アルベルトは女性に対して勃起できなくなった。性的興奮よりも嫌悪感が先立ってしまうのだ。

自分で刺激すれば勃つし射精もできるのだが、女性を前にすると萎えたままピクリともしない。

それを知っているのはラルフだけだ。昔、心配したラルフに娼館《しょうかん》へ連れていかれたこともあったが、どんなタイプの女にもアルベルト自身の反応は変わらなかった。

「さて、本日は特別授業です。聞いていますか?」

「いいえ、なにも」

「三度目の授業は、街へ出かけてリラックスすることを課題とします」

ソニアがふたたびきょとんとして、アルベルトの言葉を繰り返した。

「街……? リラックス……?」

アルベルトはわずかに口角を上げて、できるだけ穏やかそうな表情を作ろうとする。

しかし、ソニアの顔色が次第に曇ってきた。

「お父上にあなたを連れ出す許可は得ていますので、ご心配なく」

両親に遠慮して躊躇《ちゅうちょ》しているのかと思ったのだが、彼女の表情は晴れない。

自分は人の気持ちを察する能力に欠けているのではないか、と最近思い始めたアルベルトは率直に聞いてみた。

「ほかに心配事が?」

「わたし、外に出たことがあまりなくて」

「どういうことです?」

「お屋敷の外に出るのは、婚約者のお宅へあいさつに行くときくらいで。ちょっと不安になってしまったんですけど、アルベルトさまと一緒なら大丈夫ですよね」

アルベルトを見上げ、けなげに笑うソニアに胸が詰まった。彼女は想像以上に不自由な生活を強いられているらしい。

ラルフと食事に行った夜、アルベルトは考えた。

彼女の魔力を発現させるために必要なのは、素直に体をゆだねさせること。そうしなければ性欲を導き出せない。時間の余裕がない中で、どう彼女をリラックスさせるかが問題だ。

そして思いついたのが、非日常的な時間を共有することだった。つまり街への外出は、自分を信用させてソニアの心を開くための手段なのだ。

「わたし、街の様子は馬車の窓からしか見たことがないのです」

心なしかうれしそうな緑色の瞳。打算で立てた計画だが、それでもソニアが楽しんでくれたらよいとアルベルトは思った。

ソニアを連れて子爵家の玄関ホールに行くと、ソニアの妹に声をかけられる。

「まあ、アルベルトさま！　またお会いできてうれしいですわ」

エステルのうしろには子爵夫妻がいて、頬を染める娘を微笑ましそうに見守っていた。

ノーディン子爵が一歩前に出る。

「アルベルト卿、ご紹介をさせてください。我が家の自慢の娘、エステルです」

誇らしそうな口調だ。

子爵夫人もにこにこと笑ってうなずいている。

「ああ、はい。先日お目にかかりました」

「美しい娘でしょう。魔力が本格的に発現したばかりで、これからまだまだ美しくなります。しかも、エステルは聡明《そうめい》で気立てもよいのですよ」

「はぁ」

姉妹への態度の温度差がすごい。他人事ながらめまいを感じるほどだ。

「エステルは十六歳で、もうすぐ社交界にデビューする予定なのです」

そういえば、そろそろデビュタントボールの時期だった。アルベルトには関係のないことだが。

「娘のデビュタントのエスコートは親戚に頼んでいるのですが、アルベルト卿、もしよろしければいかがでしょうか」

「は?」

「親戚の男とは気のおけない関係なので、いつでも予定を変更できます。あなたが相手なら、もちろん異論などあるはずもない」

ノーディン子爵はそれがアルベルトに対する褒美であるかのように胸を張った。

(なにを言っているんだ、この男は)

血縁以外の男性がデビュタントのエスコートを務めるということは、婚約者、もしくは婚約間近の相手だと公言しているのと同じだ。

アルベルトの女嫌いはさておき、エステルとは身分も魔力量も違う。もちろん好意もない。結婚相手になどなりえない。

アルベルトが絶句していると、子爵が人のよさそうな笑顔を作った。

「失礼なことを申し上げましたが、私たちにとってはそれほど娘がかわいいのです。まあ、親馬鹿だとお笑いください」

「そうですか」

「しかし、侯爵家ほどではありませんが、我が家もなかなかのものでしょう。ご覧ください。このホールにある芸術品も、世界のあちこちから集めたものなのですよ」

魔術以外のことには興味がないので気にもしていなかったが、そう言われて見回してみると、玄関ホールのそこここに高価そうな陶器や彫像、絵画などが飾られている。

たしかに爵位のわりに羽振りがいいようだった。

「これからは貴族にも才覚が必要な時代になります。アルベルト卿もご興味がおありでしたら詳しい者にお引き合わせしますので、いつでもおっしゃってください」

子爵は冗談のようにおどけているが、言葉の端々にあわよくばアルベルトと深い縁を作ろうという野心が透けて見える。

(面倒に巻き込まれるのはごめんだ)

アルベルトは自分の表情が強ばっていくのを感じた。

女も嫌いだが、アルベルトを魔力と権力のある若造と見くびり、都合よく利用しようと群がる有象無象も大嫌いだ。

「僕は金儲《もう》けには関心がありません。魔術師として十分に報酬を得ていますから」

「そ、そうでしょう、そうでしょう」

エルドゥール王国の誇る特級魔術師のひんやりとした口調に、ノーディン子爵の顔色が変わった。

「それにデビュタントのエスコートにもまったく興味がない。お断りします」

きっぱりと言い切る。

こういう場面であいまいな返事をすると、あとでわずらわしいことになるというのが、これまでの女性絡みの厄介事の教訓だった。

「僕はご依頼の件を解決しなければなりませんので、これで失礼します。行きますよ、ソニア」

うしろを振り返ると、玄関ホールの壁際でソニアが静かに頭を下げた。

「あ、ああ、お手数をおかけしますが、よろしくお願いいたします」

貼りつけたような笑顔の子爵夫妻の陰で、ソニアの妹は残念そうに微笑んでいた。

顔がよかろうが性格がよかろうが関係ない。自分に想いを寄せてくる女性であるというその一事だけで、十分にうっとうしい。

「では、ソニア嬢をお借りします」

玄関を出る瞬間、黄金色の胸像に午後の光が反射して目を射た。

（……どこから、これだけの金が入ってきているのだろう）

ふと疑問に思ったが、すぐに気持ちが切り替わった。

街の雑踏に慣れていないソニアをエスコートするために手を差し出す。ソニアが恐る恐るアルベルトの手のひらに指を乗せると、その小さな手をぐっとつかんで歩き始めた。

馬車を使うほどの距離でもないので、徒歩で大通りに向かう。

王都は王城を中心として、上級貴族街、下級貴族街、緑地、裕福な平民の館がある高級住宅地、商業地域、職人街などが同心円状に広がっている。ノーディン子爵家は下級貴族街の一角にあった。

「ふだんと違う景色を見るのも気分転換になるでしょう」

「はい……」

硬い表情で石畳を見つめて歩くソニア。

無意識なのだろう、命綱にすがるようにアルベルトの手をギュッと握っている。

(周囲を見る余裕もないか)

ソニアの様子はリラックスとはほど遠い。

街歩きのコースに計画があるわけではなかった。ただふたりで出かければ、なにかしら変化があるだろうと思っていたのだが……。

「あー、どこか行ってみたいところはありますか」

「いえ、とくには」

手詰まりだ。

あてどなく街をさまよっていると、アルベルトに気が付く人間が現れた。数人の男女がこちらをじろじろと見ている。

人目を避けて上級貴族街のほうに歩く。自然と足が向いたのは、上級貴族街と下級貴族街の境目あたりの細い小路《こうじ》だった。

その片隅でひっそりと営業しているのが、アルベルトがひいきにしている古書店だ。

(つい来てしまったが、若い女が古書に興味を持つわけがないよな)

やはり今からでも別の場所へ行こう。近くに公園があって、ラルフが姪《めい》っ子を連れていったと話していた覚えがある。

「たしかこの先に池があります。まわりが遊歩道になっていて――ソニア?」

隣の少女を見下ろすと、彼女は古書店を凝視していた。すがるように握っていたアルベルトの手を離し、二、三歩前に出る。

(なにを見ているんだ?)

くすんだ煉瓦《れんが》造りの建物は地味で、目を引くような装飾はない。

店先のガラス窓の中には、何冊かの本が展示されていた。魔術に関する研究書やエルドゥール王国の歴史書など難解な本が多い。

ソニアは目を大きく見開いていた。

「本が売られています」

「古書店ですからね。貴重な魔術書が入荷することがあるので、たまに出向くのですよ」

「本屋さんなのですね。……こんなに本があるなんて」

緑色の瞳がきらきらと輝いている。

アルベルトは自然とソニアを誘っていた。

「中に入ってみますか？」

「え⁉　いいのですか？」

「僕の行きつけの店ですし、問題ありません」

ふたたびソニアの手を取り、古書店の扉を開ける。高い書棚の並んだ店内は薄暗く、古い紙や羊皮紙、インクの匂いがこもっている。

奥にいた店主があいさつしようとするのを片手を挙げて止め、アルベルトは少女をそっと書物の迷路に導いた。

「うわあ……」

天井まである高い書棚を見上げて、ソニアが感嘆の声を上げた。

「あなたは古書に興味があるのですか？」

「古書というか、本の中を一度見てみたかったんです」

「本の中？　中というのは、装丁ではなく本文ということ？」

手近にあった本を一冊手に取り、真ん中あたりを開いてソニアに見せる。ソニアは自分ではさわらずに、アルベルトの横から本をのぞき込んだ。

「すごい！　こんなにたくさん文字が！」

「まさか本を見たことがないのですか？　子爵邸にも書物はあるでしょう」

「はい。でも、さわるのは許されていなくて。背表紙しか見たことがないので、本の中身を見るのが夢だったんです。ずっと」

アルベルトは言葉を失った。

貴族の令嬢が本の頁《ページ》を開いた経験がないとは。本より宝石が好きだという娘は多いだろうが、それでも教育の過程で書物を手にするはずだ。

ふと気づいて聞いてみる。

「あなたは文字を読むことができますか？」

ソニアは珍しくほがらかに返事をした。

「はい！　出入りの業者への注文票や使用人の覚え書きを見て勉強しました。文字を読むのは大好きです」

「そう……ですか」

商品の本には手をふれない。ただ楽しそうに店内を見回すソニア。

青白くやつれた頰に赤みが差している。天井近くにある小窓から差し込む光が、彼女の白茶けたほつれ毛を光らせる。

控えめに微笑むソニアの姿には、年相応の初々しい華やぎすら感じられた。

（そういう顔をしていれば、意外とかわいらしいじゃないか）

アルベルトは少し離れたところからソニアを眺めていた。

少女は本の背表紙に書かれた題名を夢中になって読んでいる。小難しい学術書の表題など専門外の人間にはおもしろみもないだろうに、ソニアはとてもうれしそうだ。

(ちょっとだけ、姉上に似ている)

十年以上前に病死した姉のおもかげが華奢な少女に重なる。

八歳年上の姉はもの静かで、いつも優しかった。

生まれつき体が弱かった彼女の趣味は読書。ドレスやアクセサリーよりも本を贈られたときに一番喜んでいた。

アルベルトは神童だった。

幼いころから魔法の才能は抜きん出ていて、将来を嘱望されていた。周囲の人間はみなアルベルトを特別扱いする。誇らしくはあったが、孤独を感じる毎日でもあった。

そのさみしさを癒してくれたのが姉だったのだ。姉はアルベルトを天才でも異能の逸材でもなく、ただの弟としてかわいがってくれた。

(姉上は最期まで僕を気遣ってくれた)

聖火山の保養地でアルベルトが女に襲われた事件から数日後、病状が急変して姉は死んだ。

末期の苦しみの中で、彼女の口から出るのは弟の心配だけだったという。アルベルトは事件のショックで部屋に閉じこもっていて、臨終には立ち会えなかった。

「アルベルトさま、どうかなさいましたか?」

ひそやかな声にわれに返ると、ソニアがそばに来てこちらを見上げていた。

「ああ、なんでもありません。店の主人と話をしてきますので、ここで待っていなさい」

「わかりました」

アルベルトが唇の端を軽く上げると、ソニアは安心したようにまた本の背表紙を読み始めた。

書棚の奥の帳場に座っていた店主に用件を伝えて、必要な本を見つくろってもらう。アルベルトは店主が持ってきた数冊の本を丁寧に確認して、そのうちの一冊を購入した。

「そろそろ帰りましょうか」

「はい、ありがとうございました」

ソニアが静かに返事をして頭を下げた。名残惜しそうに店内を見て、吹っ切るように外に出る。

「ソニア」

「…………？」

陰ってきた日差しの中にたたずむほっそりした姿は、石畳の隙間から顔をのぞかせる春草のようだった。抑圧された環境の中で、踏みつぶされても馬鹿にされても懸命に生きている。

アルベルトは古書店で購入した薄い本をソニアに渡した。手のひらくらいのサイズの小型の本だ。

ソニアは渡されたそれをまじまじと見つめた。

「これは？」

「子供用の字引です」

「字引……」

目を丸くして、エルドゥール語の字引に見入るソニア。

もしかしたら辞書の類の書物を知らないのだろうか。

「字引とは言葉の綴りや意味を記した本のことで、これは子供が勉強するときに使います。中を開いてみなさい」

「いいんですか？」

アルベルトがうなずくと、ソニアの表情がぱあっと明るくなった。

恐る恐る字引の頁をめくる。

「すごいわ。知らない言葉がいっぱい。素晴らしい本を見せてくださってありがとうございます」

薄い字引を返そうとしたソニアの手を押し戻し、手の甲を軽くポンポンと叩いた。

「今日の記念に差し上げます」

「え？　……え⁉」

ソニアは口を大きく開けたまま硬直した。

アルベルトにとってはたいした買い物ではないが、たしかに書物は庶民には大変な贅沢《ぜいたく》品だ。まるで貴族らしくない生活を送っている少女には、思いがけない贈り物なのかもしれない。

「わたし……わたし……」

次の瞬間、ソニアの大きな目から涙がぶわっとあふれた。

「な、ど、どうしました⁉」

「わたし……信じられなくて。贈り物をいただくなんて、初めてで」

肩を震わせながらしゃくりあげるソニアに思わず胸が詰まる。

贅沢品かどうかの問題ではなかった。おそらく彼女が言っているのは、人から情をかけられたことがないという事実なのだ。

「わたしがいただいてもいいのでしょうか」

「どうぞ。これはもうあなたのものです」

「本当に？」

「ええ。あなたの本です。あなただけの」

アルベルトがはっきりと肯定すると、ソニアの頬が薔薇《ばら》色に染まり、緑色の瞳がエメラルドのようにきらめいた。

子供向けの字引を胸に抱きしめる。

そして、ソニアは心から幸せそうに微笑んだ。

（ソニア……）

今度こそ、心からかわいらしいと思った。今までアルベルトの周囲にいた女とはあまりにも違う。

「わたし、一生大切にします。いつも身につけているようにします」

アルベルトは苦笑して肩をすくめた。

「字引は身につけるものではありませんよ。自分の部屋に置いておきなさい」

「でも、わたしにはふさわしくないものだと取り上げられてしまうのが怖くて」

ソニアがやや遠くを見ながらつぶやいた。今までもそういう経験があるのだろう。

「もし見とがめられたら、僕に借りたものだと言えばいいでしょう」

「はい」

「実際は、あなたの本ですからね？」

「……はい！」

霧が晴れるようにソニアの顔から憂いが消える。

(だいぶ自分を隠さなくなってきたな)

アルベルトは彼女の反応に満足して、次の計画を考えた。

ソニアはリラックスしているように見えるし、自分たちの心の距離はだいぶ縮まったのではないだろうか。

(――このまま性教育も進めてみようか)

今日は街の散策だけで終わらせるつもりだったが、次の段階に進んでもいいかもしれない。

「では、子爵邸に戻りましょう」

なぜか気が急いて、アルベルトはさっとソニアの手を取った。


「……んっ」

夕暮れの薄明かりの中で、ソニアがわずかに背中をそらした。

そろそろ灯火をともす時間だが、ランプに火を入れに来る使用人はいない。だれも入ってこないようにとアルベルトが厳しく言い渡したからだ。

ノーディン子爵邸の客間には衣擦れの音だけが漂っている。時折そこに少女の吐息が加わった。

「ソニア、気持ちいいですか？」

ソファーに座るアルベルトのひざの上に抱きかかえられたソニア。

その胸もとは、ボタンが外され大きく開いている。薄い乳房の上部が、暗がりにほの白く光った。

「ソニア？」

「はい、気持ちいい、です」

「魔力を感じますか？」

「はい……」

アルベルトが胸乳に吸いつくと彼女は体を震わせる。

体温が上がるにつれて、半日歩いたあとの汗の匂いが濃くなった。

「痛くはしないので、安心しなさい」

尖った乳首を舌で舐めてから、そっと甘噛みする。

「あっ、ああっ！」

唇を噛んでいたソニアがこらえ切れずに声を上げた。

最初の日に胸をわしづかみにしたときとは反応が違う。心を開いたソニアの肌は、敏感に快楽をとらえているようだ。

「やはり街歩きをした効果が出ていますね」

「女性の性感帯はいろいろあるようですが、男側がさわりやすいところでは耳や胸、背中だとか」

「んっ、わかりません……」

「なでられたり口づけられたりするのがよいようですね。次回は背中を攻めてみましょうか」

「あんっ、だめ、そこいやあ」

アルベルトの舌が尖った乳首を押しつぶすと、ソニアはさらに大きな声で啼いた。

「今日は胸で快感を得られるようになりましょう。訓練ですから素直に感じるように」

「そんなことは考えなくてもよいのです。僕は女性には勃たないと言ったでしょう？　この部屋を出たら、すぐにあなたの痴態は忘れます。だから、もっと乱れていい」

「あ……あぁ、んっ」

「ここはいかがですか？」

ソニアの小さなふくらみを下から舐め上げる。

（柔らかい）

男とは違う。ソニアの胸は豊かではないが、弾力のある皮下脂肪はアルベルトが初めて味わう感触だ。

日に当たることのない肌は真っ白でなめらかだった。

珍しく荒々しい気分になって、アルベルトは乳房の下側に噛みついた。

「いやあっ、あぁん！」

ソニアが嬌声《きょうせい》を上げる。簡単な防音の魔法はかけているものの、あまりに大きな声だと外にもれてしまうかもしれない。

アルベルトはソニアの声を抑えるために、その唇を自らの唇でふさいだ。

「んっ、んんぅ」

それでも抑え切れない吐息を呑み込んでしまおうと、ソニアの舌を吸い上げる。

「ん、ん、んぁあ」

「でも、恥ずかしい」

「はしたないですね。つばがこぼれていますよ」

ソニアの口の端からあふれた唾液を犬のようにぺろぺろと舐め取る。

(甘い。強い魔力の味がする。彼女の魔力は——)

まるで春の花の蜜だ。

ソニアの興奮とともに流れ込んでくる熱は、とろりとして濃厚だった。まだ制御の方法を覚えていない彼女の生々しい気がアルベルトの内側を潤していく。

自分の魔力が反応するのを感じた。体の奥で安定している深い魔力の海にソニアの蜜がしたたり、大きく波立つ。

ぐっと息を詰め、性的な衝動にも似た感情の揺らぎを抑えてから、アルベルトは冷静に考えた。

(彼女には『補給』の才能がありそうだ。この魔力がきちんと発現したら、魔力タンクになりうる)

魔力にはさまざまな個性がある。

アルベルトのような万能型の魔術師は少ない。ソニアの場合は攻撃型でも防御型というわけでもなさそうだ。

だが、ソニアがほかの魔術師に魔力を供給する——そんな未来を想像すると、どういうわけかおもしろくない気持ちがわいた。

(なぜだ？　この娘がどうなろうと僕には関係ないはずだ)

腕の中でぐったりとしている少女を見つめる。

薄い胸が上下して、肺に空気を取り込もうと喘《あえ》いでいる。そろそろ限界かもしれない。

（一気に魔力を刺激しすぎたか）

ソニアを抱き上げてソファーに寝かせると呼吸が落ち着いてきた。

「今日はここまでにしましょう。また来週来ますので、今回の感覚を覚えておくように」

「はい……。わかりました」

自力で起き上がって、もう大丈夫だからと頭を下げるソニアを置いて、アルベルトは自邸に戻った。


アルベルトはもうすぐ二十六歳になるが、生家のリンドグレーン侯爵邸で両親と暮らしている。

独立して屋敷を構えるのも面倒だし、魔術師団の寮に入るのも身の危険を感じる。

寮はしっかりと造られているが、侯爵邸ほど警備が厳しくない。万が一女性が忍び込んでくるトラブルがあったら、対処が面倒くさい。

「……ふぅ」

食事をしてから自室に戻り寝台に腰かけると、アルベルトは長く息を吐いた。

思いがけず古書に興味を示した変わり者の生徒を思う。ソニアには激動の一日だっただろうが、自分にとってもふだんにはない出来事の連続だった。

「抜いておくか」

身の内の魔力が激しくざわめいている。早く鎮めておいたほうがいい。

アルベルトは『資料本』を手に取った。適当な頁を開くと、性交時の女の体の反応について考察が書かれていた。

(『女体の神秘的な反応は男には計り知れない。ゆめゆめ侮るなかれ』か。たしかにそうだな)

無味乾燥な記述を目でたどりながらトラウザーズの前を寛げる。だらりと垂れた自身を右手でこすると、それは次第に硬くなっていった。

先端から透明な液体があふれる。淫液を指先で雁首《かりくび》に塗り広げて刺激し、血管の浮き出した幹を強くしごく。

「う……」

快感が高まると息が上がった。

自慰は悦楽ではなく、どうしてもたまる性欲を発散するための作業だ。虚しい気分で射精のための段階を踏んでいたとき、まぶたの裏をほの白い幻がよぎった。

「………っ」

見覚えのあるような、ないような、その色合い。

闇の中にぼんやりと光る白。ほのかに熱を帯びた白が、呼吸をしているかのように柔らかく上下する。

その幻影に意識を集中するとむずがゆい気持ちになった。

(精通のときに似ている)

初めて射精をした日、大人になった気がした。

十か十一だっただろうか。硬い殻の中に閉じ込められていた魔力が、噴火した火山の溶岩のように流れ出した。

その後、十三歳のときに事件があって不能になったけれど、性に目覚めたころのことは覚えていた。

「……ふっ」

まぶたの裏の白い影が、女の肌のように光る。

義務的に欲を解消していたはずなのに、肉塊をしごく手が止まらない。

「く……うっ！」

ついにアルベルトは精を吐き出した。どろりと白濁した子種が手のひらからあふれそうになる。

それでもまだ欲情は収まらなかった。

「今夜はなんでこんなに気持ちが昂《たかぶ》るんだ？」

自分自身を分析しようとしても、性欲が邪魔をして冷静になれない。

アルベルトは考えるのをやめた。その夜は十代のころのように、いくら吐精しても満足できなかった。

部屋にこもった生臭いにおいを消すため、窓を開けたまま床に就く。

記憶の中のほの白い幻がなんだったのかは、結局最後までわからなかった。

第三章　これは恋なんかじゃない

あの夜から数日経っても、まだソニアはふわふわとした気分でいる。

（あれが快感というものなのね）

アルベルトと街の散策に出かけた日、初めて快感を知った。また性教育によって、自分の中の魔力の存在も意識できるようになってきた。

その高揚感を顔に出さないようにするのが難しい。決して両親や周囲の人間に知られてはならないと、ソニアは自分の頰を叩いて気を引きしめた。

（今日はヘルマンさまがいらっしゃるのだから、余計悟られないようにしないと）

婚約者のヘルマン・ダールは二十歳以上年上の商人だ。王都で大々的に貸金業を営んでいる。

彼がノーディン子爵邸を訪れたのは午後のお茶の時間だった。

「久しぶりですなあ、ソニア嬢」

「はい、ご無沙汰しております」

男の愛想笑いにソニアはおとなしく頭を下げた。

一年前に婚約してから、二か月に一度面会するのが恒例になっている。ソニアが彼の屋敷に行くこともあったが、体裁上はソニアの身分が上なので、向こうからあいさつに来る月が多い。

実際には羽振りのいいヘルマンの屋敷は子爵邸よりも豪華で、どちらが貴族なのかわからないくらいなのだが。

「庭で茶会をするのにもよい季節になりましたな」

「そうですね」

早咲きの薔薇が咲く子爵邸の中庭にテーブルをセットして、婚約者らしい節度のあるお茶会をする。この場面だけ切り取ったら本物の貴族のようだ。

「ところで、その後いかがですか？」

紅茶をひと口飲んだヘルマンが片眉を上げて問いかけてきた。

「その後？」

「魔力ですよ、魔力の発現。結婚式の日取りまで、あと二か月半になりましたが」

「あ……いえ、その」

「はあ、まだなのか。やれやれだ」

ため息をついたヘルマンの口調が、取りつくろわない崩れたものになる。

「まったく、あんたには失望したよ。曲がりなりにも貴族の娘だというから、大枚を払って婚約したのに」

ヘルマンは苛立ちを隠さない。婚約当初こそ丁寧に扱ってくれたが、最近はもうぞんざいだ。

「『成長は遅いが、たしかに自分の血を引いた娘だ。成人すれば魔力も発現するだろう』という子爵の言葉を信じた俺が馬鹿だった。もっと金を積んで、妹のほうと婚約しておけばよかったよ」

ソニアはじっと黙っていた。魔力の多さを知られたら、きっとひどいことになる。

そのとき薔薇の茂みがカサッと音を立てた。

「――あら、ドレスの裾が引っかかってしまったわ」

黄色い薔薇の陰からエステルの声がした。

ヘルマンが素早く立ち上がって、声のほうに歩いていく。

「エステル嬢、大丈夫ですか？　お手伝いいたしましょうか」

「いえ、今、取れましたわ。そそっかしくてお恥ずかしいです」

「ふだんはおしとやかなご令嬢が慌てている姿は、とてもかわいらしいですよ」

ヘルマンにエスコートされたエステルが晩春の陽光の中に現れた。長い金髪がきらきらと光る。

そのままふたりは庭の様子やこの春の天候など、他愛のないことを話し始めた。

ソニアには横柄で威圧的なヘルマンが、妹に対しては穏やかで優しい紳士として振る舞っている。

（みんながエステルを望む。あんなに美しくて可憐《かれん》なんだもの、当然ね。……でも）

アルベルトだけは、ソニアもエステルも同じように拒んだ。

ソニアはうれしかった。たとえ拒絶であっても妹と平等に扱ってもらえたのだ。

彼は冷徹に見える。ソニアも彼を孤高の存在なのだと思っていた。けれど、何度か授業を受けるうちに、彼が冷たいだけの人ではないことを知った。

『……ふだんと違う景色を見るのも気分転換になるでしょう』

そう言って、この鉄格子のない牢獄《ろうごく》のような家から連れ出してくれた人。

アルベルトは偶然とはいえ、ソニアにとっての夢の空間――本がたくさん並んだ古書店へ連れていってくれた。しかも、貴重な本まで与えてくれたのだ。

だれかのお下がりやおこぼれではない、ソニアのために選ばれた贈り物。

ソニアはよそいきの少しふくらんだスカートの上から、ポケットの中の小さな字引にふれた。

このドレスは人前に出るときのため、継母に与えられた古着だ。それを自分でつくろいながら使っているので、見えないところは縫い目だらけ。ポケットは字引の大きさに合わせて、あとから裏地に縫いつけた。

薄い本の輪郭はスカートのひだにちょうど隠れている。

『今日の記念に差し上げます。これはもうあなたのものです』

アルベルトの低い声が耳の奥によみがえる。本の硬い表紙にふれていると、胸が締めつけられるように苦しくなった。

彼の表情はいつもより優しかった気がする。唇の端がほんの少しだけ上がった、わかりづらい微笑み。

(アルベルトさまも血の通った人間だった。整った彫像のようなお姿なのに、唇もあたたかかったわ)

アルベルトの唇を思い出し、そっと自分の唇にふれる。

(もしかして、あれは口づけ？　いいえ、単に性教育だったのよね。まさか口づけなわけがないわ)

口づけは愛し合う者同士のあいさつなのだと、幼いころ乳母から聞いた。

屋敷の中で男女の使用人の逢瀬を目撃してしまったときのことだ。ソニアはずっと乳母の言葉を信じていた。

でも、たしかにあの夜、唇と唇がふれた。生々しい感触は夢ではなくて、本物だった。

彼の指と舌で胸をいじられて、ソニアは感じたことのない強烈な快感に思わず大きな声を上げてしまった。アルベルトがその声をふさぐように覆いかぶさってきて、唇にふたをしたのだ。

(すごく気持ちがよかった……)

ソニアはまるで深い口づけのようなアルベルトの舌の動きに夢中になった。半開きの口を閉じることができずによだれを垂らすソニアのあごを熱い舌が這う。

『はしたないですね。つばがこぼれていますよ』

つねに優雅で、上級貴族らしい気品に満ちたアルベルト。でも、あのときは欲情をあおるような言葉遣いをしていた。

ソニアの身の内で眠っていた魔力が大きく燃え上がった。

（やっぱりあれはアルベルトさまの性教育だったんだわ。わたしの魔力を発現させるための）

彼は常に冷静だった。その落ち着きを見れば、どんなに淫らな行為をしたとしても授業以外の何物でもないとわかる。

そういえば、とソニアは思い出した。前回アルベルトが言っていた。

『たとえ結婚していなくても、男女がある行為をすれば子のできる可能性があります』

『結婚しなくても子供が？』

『ええ。その行為を性交といいます。男と女の肉体が交わることです』

子供を作るためには、男女の肉体的な交わりが必要らしい。おそらくは性教育に近いことを夫と行うのだろう。

（あんなことをアルベルトさま以外の方と……）

ぞっとした。

この屋敷から逃げ出すために早く結婚したいと思っていたけれど、結婚したら夫と――ヘルマンと性交をしなければならないのだ。

今となっては、ヘルマンと結婚したいとは少しも思えない。でも、ソニアにはどうにもできない。運命を変えることはできない。

（アルベルトさまが好き。でも、この気持ちは憧れで、決して恋なんかじゃないわ）

ソニアは強く自分に言い聞かせた。

若い使用人がよく恋の話をしていた。ソニアには恋というものがよくわからなかったけれど、それが楽しくて、だれかに話したくなるものなのだということは伝わってきた。

だから、これは恋じゃない。アルベルトへの想いは恋なんかじゃない。

彼を想うと苦しくて、婚約者との未来を考えると真っ暗な気持ちになる。

ヘルマンの太い声がした。いつの間にかエステルが去り、婚約者がテーブルに戻ってきていた。

「おやソニア、どうかしたのかね？」

ぼんやりと宙を見ていたソニアは、われに返ってヘルマンを見上げた。

「頬が赤い。やけにそそる顔をしているな」

アルベルトのことを考えていたソニアの頬は薄桃色に染まり、澄んだ緑色の瞳は憂いを帯びてしっとりと潤んでいる。魔力が表に現れてきたためなのか、白茶けてぱさついていた髪も艶が出て白金色に輝いていていた。

ヘルマンはごくりとつばを呑み込んだ。

「こうして見ると娘らしくなってきたじゃないか」

「……え？」

粘つくような男の視線。ソニアはスカートを握りしめ、隠しポケットにふれた。

婚約者の言葉に体の芯が凍るような思いがした。好色な視線がソニアの体を上から下へと眺め回す。

「結婚したら、痩せた子供みたいな女を抱かなきゃならんのかと気が滅入っていたが。よく顔を見せてみろ」

横に来たヘルマンが、ソニアのあごをつかんでグイッと上を向かせた。

「やめてください」

「ふむ。今のうちに味見をしておくのも一興だな」

ヘルマンの顔が近づいてくる。あごを固定されているので、顔を背けようとしても動かせない。

（唇を奪われてしまう！）

ソニアはとっさに腕を突っ張って、男の胸を押さえた。

にやりと笑ったヘルマンが、ソニアの腕をつかんで椅子から引き上げ抱きしめようとする。逃げようともがくソニアのドレスが引きつって、古い糸でつくろった部分がビリッと破れた。

「あっ」

そのほつれからこぼれ落ちたもの。小さな長方形のそれが石畳に当たり、軽い音を立てる。

「本が……！」

ソニアが手を伸ばすよりも先に、ヘルマンが本を拾った。アルベルトからもらった子供用の字引だ。

「これはなんだね？」

「わたしのものです。返してください」

「あんたの？　子爵邸でのあんたの扱いは知っている。書物のような高級なものを持っているわけがない」

「でも、わたしの本なんです」

ヘルマンがまたいやらしく笑った。片手に持った字引を高く掲げて、振ってみせる。

彼はアルベルトほど背が高くはないが、ソニアよりは大きいので手が届かない。

「そうだな、条件次第では返してやってもいい」

「条件？」

「あんたが自分から口づけをしたら返してやろう」

「口づけを？」

本は返してほしい。生まれて初めて贈られた字引は宝物だ。憧れの人からもらった一生に一度の贈り物なのだ。

でも、口づけは愛し合う者同士がするもの。ヘルマンに愛を誓うなんてできない。

（だって、わたしは……）

背の高い細身の男の影が脳裏をよぎり、ソニアは泣きそうになった。

——そのときだった。

「ソニア、ここにいたのですか」

屋敷のほうからよく響く低い声がした。

「なにをしているのです？」

「………！」

涙ぐんだまま振り返ると、そこには男がいた。

やや長めの黒髪に鋭い漆黒の瞳。すらりとした長身。そして、魔術師だけがまとうことを許されたローブ。

黒地に銀の刺繡《ししゅう》がほどこされた長いローブの裾が、吹き抜けた突風にはためいた。

「何者だ？」

ヘルマンの問いかけに、冷ややかな微笑みを浮かべた魔術師が答える。

「その本は僕がソニアに貸したものです。なにか問題でも？」

「……魔術師？」

ヘルマンはハッとして独特な黒いローブを見つめた。

「いかにも。僕は特級魔術師のアルベルト・リンドグレーン」

「と、特級魔術師だって⁉」

「あなたはだれです？」

猫が小さな虫をもてあそぶように、目を細めてヘルマンの素性を問うアルベルト。

もちろん、わからないわけがない。子爵家の中庭でソニアとお茶会をする男はほかにいない。頭のいいアルベルトなら想像が付くはずだ。

それでも彼はヘルマンを追いつめる。

「僕が自分の生徒に勉強のための本を貸すことが、そんなにおかしいですか？」

「………」

「それとも僕の言葉を信じられませんか、ヘルマン・ダール」

ヘルマンの顔色が見る見るうちに青ざめていった。高く掲げた字引をそろそろと下ろし、隣で立ち尽くしていたソニアの手に押しつける。

ヘルマンはかすれた声でうめいた。

「特級魔術師、アルベルト・リンドグレーン……」

エルドゥール王国の国民で、その名を知らない者はいない。

王国魔術師団の最高位である特級魔術師のひとりで、歴史ある名門侯爵家の貴公子なのだ。

「申し訳ございません！　そんなつもりはまったく」

「そうですか。約束の時間より早いですが、もう彼女への指導を始めたいのですが？」

「は、はい！　私は次の予定が迫っておりまして！　本日はこれで失礼いたします」

ヘルマンは深々と礼をすると、あっという間に去っていった。

静寂の戻った薔薇の庭に、ソニアとアルベルトだけが残される。木々の葉がかすかに揺れ、時折小鳥の鳴き声が聞こえた。

「……アルベルトさま、ありがとうございました」

ソニアは字引を抱きしめて頭を下げた。

「僕は四度目の授業に来ただけですから」

「はい。でも、字引を取り返していただいたので」

「以前言ったではないですか。もし見とがめられたら、僕から借りたことにしろと」

そっと見上げると、アルベルトは眉ひとつ動かさずにヘルマンの去った方向を凝視している。

「この本は、このままお借りしていてもいいのですか？」

アルベルトは小さなつぶやきに振り返り、あきれたように肩をすくめた。

「それも前に言いました。これはもうあなたの本であると。忘れたのですか？」

薄い雲が太陽を隠し、薔薇の茂みに影が落ちる。すぐに春風が雲を払いふたたび日が差すと、周囲がさあっと明るくなった。

光輝く薔薇の前で、ソニアがうれしそうに微笑んだ。

「……わたしの本……」

エメラルドの瞳がきらめき、白金色の髪がそよ風に揺れる。

アルベルトは息を吞んで押し黙った。

改めて礼を言おうとしたソニアは、魔術師のふだんと違う様子に口をつぐむ。

(アルベルトさま？　黙り込んでしまって、どうかしたのかしら)

しばらくそのまま無言だったアルベルトが、ふいにソニアへと手を差し出した。

「客間に行きましょう」

「あ、はい、授業ですね」

薔薇園の小道を慎重にエスコートしながら、アルベルトがぽつりと言った。

「ヘルマン・ダール。あの男があなたの婚約者ですね？」

まっすぐ前を見つめているが、意識はこちらに向いているのがわかる。

「はい。あと二か月と少しで結婚します」

「そう」

アルベルトの声に微妙な苛立ちを感じて見上げると、その眉間にしわが寄っていた。

彼はまずいものを食べたあとのように、一語一語区切って言葉を吐き捨てる。

「僕は、あなたがどうなろうと、どうでもよい」

「……え？」

またひとしきり無言で歩き、石造りの館の中に入って客間に行きつくと、アルベルトは大きな音を立てて扉を閉めた。

不機嫌そうな顔のまま、小声で呪文を唱えて扉に鍵をかける。

「僕はノーディン子爵家に先祖の借りを返すため、父から強引に家庭教師役を押しつけられました」

ソファーの前に立ち尽くすソニアのほうに大股で詰め寄ってくる。

ソニアが無意識にあとずさると、さらにアルベルトが近づいてきてあっという間に壁際まで追い込まれてしまった。

「困っている者を助けようなどという親切心は持ち合わせていないし、そもそも女は嫌いです」

アルベルトが勢いよくドンと壁に片手をついた。ソニアの顔の真横だ。

驚いてビクッと震えたソニアは、字引を抱えたまま身を縮こめた。

そんな彼女にかまわず、彼は低い声でつぶやく。

「それでも、僕にだって人に同情する気持ちくらいはある。僕はあなたが年老いた貴族の後妻になるよりは、平民に嫁いで大切に扱ってもらったほうがよいだろうと思っていました」

もう苛立ちを隠そうともしていなかった。

アルベルトは眉間に深いしわを刻み、覆いかぶさるようにソニアを見下ろすと、もう片方の手も彼女の顔の横についた。

（アルベルトさまはなにを怒っているの？）

あと少しで抱きしめられそうなくらい近い。けれど、彼の表情は険しい。冷たく整った顔が間近でソニアを睨んでいる。

「あなたはあの下種な男と結婚したいのですか？」

「結婚は……したかったです」

婚約を申し込まれたときの解放感を思い出す。

やっとこの家から出ていけると思った。これで穏やかに暮らせるようになるのだと。

「本当に？　あなたには想う男がいるのでしょう。それなのに、あんな奴に抱かれてもいいのですか」

「抱かれる……」

「そうです。あなたはそれでいいと？」

心に想う男。

ちょっと背伸びをすれば口づけできてしまう距離にいるその男を見上げて、ソニアは微笑んだ。

「もう決まったことなんです。わたしにはどうにもできません」

ほんの少しの隔たりが遠かった。

彼はすぐそこにいるのに、手を伸ばすことは許されない。本当はこんなふうにこの人を想うのだって、きっといけないことなのだ。

アルベルトが忌々しそうに舌打ちをした。

「わかっています。くそっ」

ように思えて胸が痛む。

貴公子然とした彼が乱暴なののしりの言葉を吐くなんて珍しい。

彼は壁から手を離してうしろを向いた。黒いローブをまとった背中がさらに遠くなった
「では、授業を始めましょうか」

「…………！」

感情を押し殺した平板な口調でアルベルトが告げたその瞬間、床がぐらりと揺れた。

しばらくカタカタと細かい揺れが続き、次第に大きな横揺れへと変わっていく。足がも
つれて、ソニアはその場にしゃがみ込んだ。

「大丈夫ですか」

アルベルトも隣にひざをつき、細い肩を抱く。

「はい。また地震ですね」

揺れを感じるか感じないかという程度の地震はしょっちゅう起きていたけれど、今回は
久しぶりに大きい。

ただ三週間ほど前、アルベルトの最初の授業のときに起きた地震よりは小さそうだ。

「まあ、このくらいの揺れなら大丈夫でしょう。最近は火の女神エルダが怒りっぽくなっ
ているようですね」

ソニアを安心させるようにアルベルトが軽く言った。

「火の女神が？」

「火の女神エルダは知っていますか？」

「赤い髪をした女神さまですよね」

エルダはエルドゥール王国の守護女神だ。

情熱的な美女だけれど、気性が荒く嫉妬深い。夫である半獣神の金狼《きんろう》ウルがほかの女に目を向けると髪から炎を上げて怒り狂うのだという。

「女神エルダの怒りが地震を引き起こすと言われています。最近の研究では、聖火山の活動と地震は密接に結びついているという考え方が主流ですね」

「そうなんですね。知りませんでした」

アルベルトの言葉は難しかったけれど、興味を引かれた。

（本当に世の中には、わたしの知らないことがいっぱいあるのね）

できたらいろんな勉強をしてみたいと思う。アルベルトのおかげで、またひとつ夢ができた。無理かもしれないけれど、いつかきっと……。

いつの間にか揺れは収まっていた。

手を引かれて立ち上がる。窓の外を見ると、火山はいつもどおりに白い煙をたなびかせていた。

「あの山の麓に温泉保養地があります」

アルベルトがぽつりとつぶやく。

「自然の美しい静かな町です。そうだ。来週は泊まりがけの授業にしましょうか」

「はい。……え？」

その場の流れで返事をしてしまったけれど、よく考えたら意味がわからない。

「すみません。それはどういうことでしょう？」

「聖火山の保養地で、一泊二日の授業です。近距離の旅行はお互いの信頼関係を深め、気分転換にもなり、リラックス効果があるでしょう」

「そう、なのですか？」

「魔力の発現を安定的なものにするためのステップです」

首をかしげるソニアの横でアルベルトがうなずいている。

「僕自身も乗り越えたいものがあります。いい機会かもしれない」

＊　＊　＊

翌週、一泊二日で聖エルドゥール火山へ行くことになった。

お忍びとはいえ未婚の男女の旅行だ。世間体があるからと父は渋ったけれど、アルベルトに押し切られた。

「もう少しで彼女の魔力が発現しそうなのです。火の女神エルダは、魔力を人間に授けた知恵の女神ヴィスタの妹の夫の従姉ですからね」

「は、はぁ」

「火の女神に祈願し、お力をお借りすれば万全かと」

「本当に願掛けなど効き目があるのですかな？」

「僕の言うことが信じられませんか？」

「いえいえ！」

神々の名前を引き合いに出しながら、ヘルマンにしたのと同じような脅しめいたことを言う。

（妹の夫の……従姉？）

ソニアは内心、それはほぼ関係のない間柄なのでは、と思いながらも口を開かずに控えていた。

アルベルトと旅行に行きたかったからだ。旅をしてみたいというよりも、結婚する前に少しでも長く憧れの人のそばにいたかった。

理由はなんでもいい。ソニアは彼が両親を煙に巻いてくれることを祈っていた。

結局、目立たないように目くらましの魔法を馬車にかけていく、旅費は自分が出すとまで言われて父は彼の提案を断れなかった。

「ソニアの付き添いに、女の使用人をひとり寄越してください」

最後にアルベルトがふと気づいたように言うと、父はきょとんとした顔つきになった。

「ソニアに付き添いですか」

「貴婦人には身支度を手伝う侍女が必要でしょう」

ことはなく、付き添い人の必要性など思いつかなかったのだろう。


「はあ」

ソニアは乳母がいなくなってから身の回りのことはすべて自分でやっていた。

当然父もそれは知っているし、下女との間の娘であるソニアを令嬢扱いしたことはなく、付き添い人の必要性など思いつかなかったのだろう。

子爵の態度からそれを察したアルベルトが首を振った。

「いや、やはり結構です。すべてこちらで用意するので、ご心配なく」

旅立ちの朝、ソニアは小さな鞄《かばん》を抱えて子爵邸の前に立ち、アルベルトの迎えを待っていた。

旅装も旅行用の道具もない。身につけているのは、いつもの古ぼけた外出用のドレス。鞄にはふだん使っている日用品と大切な字引だけが入っている。

簡素な箱型の馬車が目の前に停まると、魔術師のローブではなく紺色のコートに白いクラバットという貴族らしい格好をしたアルベルトが降りてきた。

いかにも女性の憧れる貴族の御曹司そのものの姿で、ソニアは見とれてしまった。

「お待たせしました。荷物はそれだけですか？」

貴公子然としたアルベルトにまじまじと見られて恥ずかしくなる。彼と同行するのに、自分があまりにみすぼらしい気がして。

「想像どおりでしたね。こちらですべて用意していますので、安心なさい」

「え……？」

アルベルトが振り返って軽く合図をすると、後続の小型の馬車から四十代くらいの女性が降りてきた。

「彼女はカミラ。旅行中、あなたの身の回りの世話をします」

「わたしの？　でも、わたしはひとりで身支度できますので」

「若い女性の旅に付き添いが同行しないなどありえません。母の侍女を借りてきましたので、無作法なことはないはずです」

「ええ⁉」

優しく微笑んだカミラがソニアに向かって優雅に礼をする。

（アルベルトさまのお母さまの侍女⁉）

控えめな服装をしているが、侯爵夫人の侍女ということはソニアよりも身分が高いはずだ。

驚愕《きょうがく》のあまり固まってしまったソニアにかまわず、アルベルトが続けた。

「女性の旅行に必要なものを一式用意させています。母も手伝ってくれたので問題はないでしょう」

「は……⁉　アルベルトさまのお母さまって、こ、侯爵夫人ご本人なのでは⁉」

「僕の母は侯爵夫人です。当たり前でしょう。あなたはなにを言っているのですか」

この国でも屈指の貴婦人が、たかだか子爵家の娘を気にかけてくれるだなんて信じられない。

ソニアは呆然としたまま、アルベルトに手を引かれて先頭の馬車に乗り込んだ。馬車の中にはふたりがけの座席があり、ソニアはアルベルトと並んで座った。馬車は数人の護衛とともに、ひっそりと聖火山に向けて出発する。

簡素なしつらえに見えるけれど、さすが侯爵家の馬車の乗り心地は素晴らしかった。揺れも少ないし、座席のクッションも柔らかい。子爵家の馬車とは比べものにならないくらい快適だ。

窓の外を王都の街並みが流れていく。重厚な石造りの館が並ぶ貴族街を抜け、商人や職人の住む街を通りすぎ、やがて馬車は王都を取り囲む城壁の外に出た。

驚きが抜け切らず、ぼんやりと風景を眺めていたソニアにアルベルトが声をかけた。

「王都の外に出たのは初めてですか？」

「え⁉　はい。あ、いいえ」

「どちらなのです。ああ、焦らなくてもいい。まずは落ち着きなさい」

急な問いかけにうろたえるソニアの手に、アルベルトの大きな手が重なる。

軽く彼の魔力が流れてきて、ソニアはほんのりと幸せな気持ちになった。

「あの、一度だけ。四年前、アルベルトさまの特級魔術師叙任式を観に行きました」

「叙任式のついでに街道の整備をしたときですね。まあ、妙な興行をさせられるよりは実用的でよかった」

「丘の斜面を削って、大きな岩を取り除いて、平らな道ができていく様子は本当にすごかったです」

「そうですか」

そっけない返事だ。けれど、彼にとっては実際たいしたことのない、できて当たり前のことなのだろう。

「わたし、ずっとあの日の出来事を心の支えにして生きてきました。あんなに素晴らしい魔法を見たのは初めてで、悲しいときや苦しいときに思い出すとちょっと楽しい気分になれて」

横を向いてアルベルトを見ると、彼もソニアを見つめていた。

握られたままの手からは、もう魔力は感じない。ただアルベルトの体温だけが伝わってくる。

「ありがとうございました」

ふたりだけでいられるうちに感謝の気持ちを伝えておきたかった。

ソニアが微笑むとアルベルトはふっと顔をそらした。拒んでいるわけではないようで、横顔にこそばゆいような表情を浮かべている。

「単なる仕事ですから」

「はい。それでも感謝しています」

「あなたの家庭教師になったのも、侯爵家の人間としての仕事です」

事務的な口調が照れ隠しのように思えてしまうのは、ソニアの錯覚だろうか。

ソニアの手を包む彼の骨ばった硬い指はとてもあたたかい。

「もちろんわかっています」

「そういえば、侯爵家と子爵家の曰《いわ》くは聞きましたか？」

アルベルトがふと思いついたように聞いてきた。

馬車は王都の周辺に広がる牧草地の間を走っていく。彼は窓外の景色を見ていて、ソニアとは視線が合わない。

「いいえ」

「ノーディン子爵家の三代前の当主が、僕の曽祖父に婚約者を譲ったのだそうです」

「婚約者を⁉」

「僕の曾祖母にあたるわけですが、彼女が婚約していると知りながら、曽祖父は恋に落ちてしまったようで」

「情熱的なのですね」

両家の間の意外な裏話に目を見開いて驚いていると、アルベルトがようやくまたこちらを向いた。

「激情家だったのでしょう。そのときの恩をいつか必ず返すようにと、僕の代まで伝えられてきたのです。結局、曽祖父の情熱のツケは僕が払うことになりました」

漆黒の瞳がソニアをじっと見つめる。深い黒に吸い込まれそうになる。

「だが、今はそれでよかったと思っています」

「それはどういう……？」

「こんなことがなければ、ふたたび聖火山を訪れようなどとは思いませんでしたから」

ソニアの疑問には答えずに、アルベルトは物思いに沈んだ。

彼の邪魔をしないよう、ソニアは静かに景色を眺める。牧草地や畑を過ぎ、森に差しかかると道は次第に登り坂になった。

聞こえるのは馬の蹄《ひづめ》の規則正しい音と、馬車の車輪が石畳を転がる音だけ。王都と行き来が多い有名保養地への街道は、魔法を駆使した平らな石畳で綺麗に整備されている。

「そうだ。ひとつ聞きたいことがあったのですが」

また唐突にアルベルトが話し始めた。

「あなたはノーディン子爵がどのように財を成しているのか知っていますか？」

「ええと、財、ですか？」

突然子爵家の財産についての質問をされて、ソニアは目をまたたかせる。

「不思議に思ったのですよ。たいした領地もないのに、ずいぶんと金回りがよさそうに見える」

子爵邸の豪華な調度品の数々を思い出して不安になった。

アルベルトが苦笑する。

「せっかく初めての旅行なのに、不安がらせてしまいましたね」

「すみません」

「こちらで調べましょう。あなたは心配しなくても大丈夫です」

そんな話をしているうちに、馬車はのどかな町に到着した。

村と言ってもいいほどのこぢんまりとした町だ。目抜き通りに商店が並んでいるものの、それ以外は手入れの行き届いた森が広がっており、木立の中に大小さまざまな屋敷が点在している。

アルベルトによるとそれらの屋敷は貴族の別荘のような造りになっていて、期間貸しをしているらしい。このあたりは国有地なので、貴族個人では所有できないのだという。

夕暮れが近づき、美しい森に降りそそぐ木漏れ日は濃い金色になっていた。

「もうすぐです」

アルベルトが低い声音でつぶやいた。


日が暮れると貸し別荘のまわりは真っ暗になる。

人の多い王都では考えられない、静かな初夏の宵だ。聞こえるのは木々の葉ずれの音と、夜鳥のよく通る鳴き声だけ。

大きく取られた窓の向こうには、青白い月光に照らされた聖エルドゥール火山が迫る。

夜空に薄く噴煙を上げる山は、王都から見るより段違いに大きかった。

「疲れましたか？」

「いいえ、楽しかったです。こんなに遠くまで来たのも、長い時間家から離れたのも初めてで」

同行した料理人が作ったおいしい食事をいただき、侍女のカミラに手伝ってもらって館内に引かれた温泉で湯浴みをした。丁寧に肌や髪の手入れをされると本物の令嬢になった気分だった。

そんな体験もわくわくしたけれど、なによりもうれしいのはアルベルトとずっと一緒にいられることだ。

夢みたいだった。

ソニアはふわふわとした気分で、窓辺に立つアルベルトを見つめる。

白を基調にまとめられた女性らしい寝室は、窓から差し込む月の光に照らされ別世界のようだ。

「では、五回目の授業を始めましょう」

ソニアは自分の腕を抱きしめながら小さくうなずいた。

標高が高いせいか、夜の空気はひんやりと乾いて冷たい。

ふとアルベルトが首をかしげる。

「今夜のあなたはいつもと違いますね。なにかありましたか？」

「そうですか？　いいえ、とくになにもないですけど」

アルベルトの様子こそ、ふだんとどこか違う。

ゆったりした服は寝衣だろうか。いつも黒いローブを着ているし、そのローブの下も上級貴族にふさわしいきちんとした格好をしているので、気軽な服装は本当に珍しい。

唐突にソニアは気づいた。

（アルベルトさまと寝室で過ごすのは初めてかもしれない。……それだけじゃない、夜の授業も初めてだわ）

まるで新婚初夜みたいだ——そう思ったとたん、頬が燃えるように熱くなった。

大胆な考えにくらりとめまいがして壁に片手をつく。

「やはり疲れているのではないですか？」

アルベルトが足早に近づいてきてソニアの腰を抱く。

「あ……」

突然のふれ合いに思わずかすれた声を上げると、アルベルトが小さく息を呑む音が聞こえた。

独り言のような低い声が降ってくる。

「あなたは、やはり以前とは違っている。前もかわいらしいところはあったが、今は美しく見える」

「え？　美しい……？」

かわいいとか美しいというのは、自分のような『幽霊令嬢』に向けられる言葉ではないはずだ。けれど、男の声は途切れずに続いた。

「魔力が発現したせいかもしれません。白金色の髪が艶めいて、月の女神のようです」

「それは、わたしのことではないですよね？」

「今しているのはあなたの話でしょう」

まるで口説き文句なのに、彼の口調は淡々としている。

ソニアは目を見開いたまま固まってしまった。

「あなたはどんどん美しくなっていきますね。まあ、若い女性としては喜ばしいことでしょう」

「…………」

「さあ、魔力を解放してみなさい。僕に魔力を流してみて」

「はい」

アルベルトがゆっくりとソニアの背中をさすった。

指先が首筋をたどり、そっとソニアのあごを支えるとアルベルトの唇が下りてくる。

少しかさついた男の唇と、ほのかにあたたかい吐息。

（唇を合わせるのは、これで何度目かしら）

彼の腕の中で、その体温を意識する。硬い筋肉の張りを手のひらで感じる。ソニアの手の下で男の胸が強く脈打っていた。

（初めて好きになった人。でも、単なる憧れで、恋じゃない。この人を欲しがってはいけない）

体の奥から熱いものが込み上げてきて、ソニアは震えた。その熱塊を制御しながら、少しずつアルベルトの唇に魔力を送る。

「う……」

アルベルトが小さくうめいた。

「あ、強すぎましたか？」

「問題ありません。そのまま」

少し開いた唇の隙間から、男の熱い舌が入ってくる。あごを持っていた彼の指がソニアの後頭部に回った。

頭を押さえられて身動きが取れない。抵抗する気なんてないのに、アルベルトの指はソニアを拘束したまま離さない。

もう片方の指先も、ソニアの腰を抱き寄せた。強引な動作がひどく甘やかなものに感じる。

「アル……んっ」

アルベルトの動きは次第に激しくなった。ソニアの口内を蹂躙《じゅうりん》する、彼の舌。熱い。男の唾液を呑み込んでしまったら溺れそうで息継ぎができない。

どのくらい唇を吸い合っていただろう。彼が離れていき目を開けると、漆黒の瞳が野生の獣のような光を宿してソニアを凝視していた。

低い声がソニアの胸に響く。

「ソニア、寝台へ」

「はい」

アルベルトに抱き上げられると、ソニアの着ていた寝衣の裾がめくれて真っ白な太ももがあらわになった。

「あ、や……！」

「初夜のための寝衣のようですね。すぐに脱がせられる構造になっていると聞いたことがあります」

手を伸ばしてなんとか隠そうとするけれど、不安定な体勢で思うように動けない。

結局足を露出したままソニアは寝台に下ろされた。

「本当に白いですね」

純白のシーツの上で寝衣をはだけたソニア。その太ももは薄明るい闇の中で、ほの白く発光しているようだ。

自分も寝台に乗り上げたアルベルトが、ごくりとつばを呑み込んだ。

「その白さには見覚えがあります。いつだったか……白い幻が……」

しばらく黙って記憶を探っていたアルベルトは、やがてぽつりと言葉をもらした。

「あれは、あなたの胸だったのかもしれない」

「……胸？」

「ソニア、寝衣を全部脱いで」

「え⁉」

ソニアはまた驚愕で頭が真っ白になってしまった。

でも、これが授業だと思い出し、寝衣のボタンを外して肩から落とす。

「これで、いいですか？」

凝った模様のレースの中からソニアの肌が現れた。

瘦せた体の中心にある、少女のような薄い胸のふくらみ。慎ましい乳房はほのかに白く月明かりを弾いていた。

男にはない柔らかな線を描く陰影を見たアルベルトがひそかにため息をつく。

「そうだったのか。あの幻影はあなたの……。ソニア、うしろを向きなさい」

「え？」

「四つ這いになって、こちらに尻を向けて」

「ええ⁉　で、でも！」

「今夜は背中を愛撫します。……胸を見ていてはいけない気がする」

いつも強気な命令口調のアルベルトがこぼした頼りない声に、ソニアの中のなにかが痺《しび》れた。

裸になって、男に尻を向けることへの羞恥心はもちろんある。それが一瞬鈍った。恥ずかしさ以上に、彼の言葉に応えたい気持ちが高まる。

ソニアはアルベルトに背を向けて四つ這いになった。

「それでは、背中にさわります」

「はい……」

熱い手のひらが鳥の羽のように軽くソニアの背中をなぞっていく。

「……ん……っ」

ふれているのかわからないくらいの感触がもどかしかった。

（……焦《じ》らさないで）

叫びそうになったけれど、なんとか声をこらえる。でも、じっとしていられなくて、息を殺しながら背を反らした。

その反り返った背中をぬめったものがつっと這った。

（あ……、アルベルトさまの舌……）

男の舌が腰のくびれをたどる。唾液のあとが夜の空気にふれ、すっと冷える。

「あ、んぁっ！」

ソニアはたまらずに声を上げた。

もらしてはいないはずなのに、なぜか足の間が濡れている気がした。太ももをこすり合わせるとやっぱりヌルヌルする。

「わたし、粗相を……？」

「ソニア、感じているのですね。気持ちいいですか？」

「はい……。あぁん！」

アルベルトがソニアの腰をつかんで覆いかぶさってきた。

男の体の重みを感じて、足の間の快感が増す。

「ソニア」

耳もとでささやく低い声。

彼に呼ばれると、自分の名前が特別なもののように思える。

「ソニア。はぁ……」

背後から聞こえる荒い息遣いは幻だろうか。女嫌いのアルベルトが自分に欲情するはずがない。

寝衣をまとったままのアルベルトにきつく抱きしめられる。柔らかい布がソニアの素肌をくすぐった。

その体勢で彼は何度も下半身を揺らした。

「僕は……」

腰を突き上げる動きをしたときに、なにかがゴリッとソニアの尻に当たった。ソニアの大好きなりんごみたいに硬いもの。

(これは、なに?)

確かめようとしてその塊に尻たぶを押しつけると、アルベルトが苦しそうにうめいた。

「くぅっ、なぜだ」

「ごめんなさい、痛かったですか?」

「いや」

つらそうな声が気になるけれど、アルベルトの体が覆いかぶさっているため振り返ることができない。

「絶対に……勃たない、はずなのに……」

ソニアはその夜、アルベルトが本気で苦悶《くもん》する声を初めて聞いたのだった。

第四章　これは授業なんかじゃない

手淫を覚えたばかりの少年のように繰り返し自らをしごいた、半月ほど前のあの夜。まぶたの裏に浮かびアルベルトの性感を刺激しつづけた、ほの白い幻影の正体がようやくわかった。

それは先日彼の生徒となった、子爵家の長女の乳房だった。

（ソニア……）

純白のシーツの上の華奢な体。肌の白さがあの幻影の色と同じだ。

「あれは、あなたの胸だったのかもしれない」

「……胸？」

「ソニア、寝衣を全部脱いで」

アルベルトは確信を得るために命じた。

虐げられて育ったせいか発育はよくない。乳房も豊かではなく、ふくらみはわずかだった。

黄昏《たそがれ》どきの薄闇の中でうっすらと白く光る小さな双丘。丘の中心で存在を主張する、ツンと尖った桃色の突起。

やはりそうだ。妙に官能をそそる、あたたかな白。

(だが、幻は幻だ。たしかに彼女の胸を思い出して抜いたが、現実の女に勃起するわけがない)

聖エルドゥール火山の麓の街。ソニアの五回目の授業のついでに、少年時代のトラウマを克服できたらよいと思った。

ソニアの家庭教師をすることで、女性に対する苦手意識が和らいだ気もしていた。今なら嫌悪感を抱かずに女性と長時間過ごせるのではないだろうか。

ただそんな気分になっただけなのに、まさかこのようなことになるとは。

(嘘《うそ》だ……)

ほんのわずかではあるが、芯を持ち始めた自身に愕然とする。

保養地への道中や夕食の席ではまだいつもどおりだったはずだ。その後、授業のために彼女の寝室へ行き……それから調子が狂ったのだ。

『――今夜のあなたはいつもと違いますね。なにかありましたか?』

カーテンを開けたままの大窓から差し込む青白い月光。

たたずむ彼女はふだんと違う、女性らしいしっとりとした色香に満ちていた。

『そうですか? いいえ、とくになにもないですけど』

繊細なレースの飾りがほどこされ、きわどく肌が透けて見える寝衣のせいか。いや、単に慣れない旅に疲れて、気だるげに見えるだけだろう。

だが、なにかにつまずいてよろめいた彼女を抱きとめたとき、アルベルトの脳裏からそれらの考えは一瞬にして消えた。

（なんだ、これは。本当にソニアなのか？）

衝撃を受けた。彼女は美しかった。

アルベルトの腕の中で頬を赤らめて、潤んだ瞳で見上げてくるソニア。清らかな瞳の神秘的な緑の輝きに惹《ひ》きつけられる。

けれど、本当に衝撃だったのはその美しさではない。彼は女性を『美しい』と思った自分にショックを受けたのだ。

女は汚い。外面は小綺麗に取りつくろっていても、心の内は虚栄心と欲望に満ちた魔獣だ。

それなのに、彼女が美しく見えた。

（まさか。錯覚だ。彼女を魅力的に感じたことも、甘勃ちしたことも）

アルベルトはできるだけ彼女の胸が目に入らないよう、四つ這いにさせることにした。

「ソニア、四つ這いになって、こちらに尻を向けて」

「ええ!?　で、でも！」

「今夜は背中を愛撫します。……胸を見ていてはいけない気がする」

舌と指で細い背中を愛撫する。

彼女の中の魔力が大きく揺れ、ソニアは高い声で啼き始めた。

「あ、んぁっ……！　あ……、わたし、粗相を……？」

彼女の太ももの付け根がぬらぬらと光っていた。

女は快感によって膣《ちつ》から愛液を分泌するのだという。ソニアがもどかしそうに太ももをこすり合わせると、ヌチャッと湿った音がした。

アルベルトはたまらなくなって背後から覆いかぶさり、ソニアを抱きしめた。

「はぁっ、はぁっ」

本能の命じるままに腰を動かす。寝衣の柔らかい布地に覆われた陰茎が、ソニアの太ももや尻にこすれる。

ひどい焦燥感が湧き上がった。ソニアは裸だが、アルベルトは寝衣を着ている。どんなに激しく腰を前後させても、彼女の中には入れない。

そのとき、起こるはずのないことが起こった。

「くぅっ、なぜだ」

「ごめんなさい、痛かったですか？」

「いや」

現実の女には反応しないはずのものが、完全に屹立《きつりつ》している。

「アルベルトさま？」

「絶対に……勃たない、はずなのに……」

見下ろした肉茎は、硬く大きく腫れ上がっていた。ひとりで処理しているときの比ではない。

アルベルトは突然、これが性交の真似事だと気づいた。魔力発現のための訓練だけれど、もうその次元は超えている。

寝衣を脱ぎ去って、ソニアの蜜穴に挿入したい。己のすべてを彼女の胎内にそそぎ込みたい。

圧倒的な欲望が込み上げた。

（射精してしまいたい）

アルベルトは必死に耐えた。

これはソニアの魔力を発現させるための授業なのだ。ソニアを汚してはならない。

「今日は……ここまでにしましょう」

「……アルベルトさま……？」

「それでは、また明日」

意志の力でソニアから体を引きはがし、早足で自室に戻る。張りつめた股間が痛いほどだ。

扉を閉めたとたん、アルベルトは床にしゃがみ込んだ。その場で猛々しい屹立を取り出し、右手で握る。
二、三回こすっただけで精は放たれた。

（すぐそこに彼女がいる。今からでも僕が行けば、彼女は扉を開けるだろう。そうしたらなんとでも言いくるめて、彼女を抱いてしまえばいい）

恐ろしい誘惑が繰り返しアルベルトを襲う。勃起するたびに、彼は欲望の神のささやきに耐えた。

簡単なことなのだ。アルベルトの地位と権力があれば、弱小子爵家の娘を手込めにしたとしても、愛妾《あいしょう》として囲ってしまえばだれも文句を言うまい。

だが、それではなくしてしまうものがあるのだと、アルベルトは気づいていた。

（ソニアの信頼を失うことはできない）

ソニアの部屋は同じ階だが、端と端に離れている。近いけれど、遠い。当然音も気配も伝わってはこない。

しかし、手を伸ばせば届くほどの距離に彼女が寝ているのだと思うと、アルベルトの男の器官はますます硬くなった。

その夜、アルベルトはほとんど眠ることができなかった。

＊　＊　＊

翌朝、火の女神エルダの神殿を訪れ、形だけの祈願をして王都に戻った。

侍女のカミラが用意したドレスを身にまとったソニアは美しかった。しっかり食事を取ったせいか顔色もよく、手入れをされた髪が白金色の絹のように輝いていた。彼女の美しさは、夜の暗がりが見せた幻ではなかったのだ。

通りすがりの参拝者がソニアに見とれて立ち止まっていたのを思い出し、アルベルトはなぜか苛立ちを覚えた。

「――あら、いらっしゃい。今日は早いんですね」

「たまにはこんな日もあります。麦酒と、適当につまめるものを」

子爵邸にソニアを送り届けてから供の者を先に屋敷へ帰し、アルベルトは白い仔馬亭を訪れた。

酒を飲むには早い時間だったが、がらんとした酒場のいつもの席に陣取る。

ラルフと約束はしていない。来るならそれでいいし、来なくてもいい。だれかと話したいというわけではなく、今は家に帰りたくなかった。

「はいよ、どうぞ」

「ああ、どうも。……ふぅ」

女給の持ってきた麦酒をあおり、ため息をつく。

忘れたほうがいいのはわかっている。女など厄介事の原因にしかならない。

これまでどおり魔法の研究と鍛錬を続けて、時々友と酒を飲む。そんな独り身の暮らしが一番性に合っているはずだ。

しかし――少年時代以来なのだ。

（女に反応するなんて……）

錯覚ではなかった。自分は幻の乳房にではなく、ソニアに欲情していた。

あの身を焼くような興奮は本物だ。

「よう、アルベルト、今日は早いな」

考え込むアルベルトに女給と同じセリフであいさつをしてきたのは、低い男の声だった。

体格のいい赤毛の男がどっかりとアルベルトの前に腰かける。

「ラルフ」

「俺も早く上がったんで、飯を食いに来た」

「そうですか」

第二騎士団の団長ラルフ・ファルクマンだ。

女給に頼んだ麦酒と料理が届くと、ラルフは麦酒をあおって「労働のあとの酒はうまいな！」と貴族らしからぬ口調で叫んだ。

そして太い腕を組んで首をかしげる。

「で？　なんかあったのか」

さすがに十年来の親友だ。アルベルトの様子に違和感を覚えたらしい。

アルベルトは苦笑して、軽く言った。

「僕が家庭教師をしているという話はしましたね」

「ああ、今どき珍しいうぶなお嬢さんだろ。……もしかして面倒なことになったのか？」

「ええ」

ラルフは「やっぱりか」と頭を抱えた。

「おまえの顔に惚れたか。あるいは地位？　それくらいしかないよなぁ」

「失礼な。違います」

「これまでそんな女ばかりだっただろう」

ふざけた調子だが心配してくれているのだ。

アルベルトは肩をすくめた。

「じゃあ、なんだ。まさか、おまえが惚れたのか？　ははは、そんなことあるわけがないな」

「それも違います。アレが勃っただけです」

「ふーん、勃ったのか。……ん？」

「…………」

「た……勃っただと⁉　おまえが勃ったのかっ⁉」

ガタンと音を立て、ラルフが椅子から立ち上がった。

うるさいし目立つ。ほかの客がいなくてよかったとアルベルトは息をこぼした。

「声が大きいですよ」

「そんなことを言ってる場合か‼　勃つって勃起のことで間違いないよな？　女には反応しないんじゃなかったのかよ？」

「ええ、これまではまったく」

アルベルトがしれっと答えると、ラルフは豊かな赤毛をガシガシとかき回した。

「おい、事情を話してくれるよな？　そこまで言っておいて隠し立てはなしだぞ」

「……しょうがないですね」

真剣な青い目を見ているとはぐらかすこともできず、アルベルトはソニアとの経緯を簡単に話した。

家庭教師をしているうちにわかってきたこと。ノーディン子爵家の事情やソニアの不遇な生い立ち。普通の令嬢としてはありえない境遇だったが、彼女は悲観的になることも他人を妬んだりすることもなく、一生懸命に生きていた。

古書店で目をきらめかせていたソニア。本が好きで、好奇心と向上心があり、素直で純朴なソニア……。

そして、聖エルドゥール火山の麓の街での夜。ほとんどの出来事は伏せたが、自分自身の反応についてだけは話した。

「そうか」

向かいに座って静かに杯を傾けていたラルフが大きくため息をついた。

アルベルトは気の抜けた麦酒の杯を空け、通りがかった女給に葡萄酒を頼む。

「でもまあ、偶然彼女の体つきが嗜好《しこう》に合ったのでしょう。考えたこともありませんでしたが、僕にも好みというものがあったようです」

「それだけか？」

「ほかになにかありますか？」

ラルフのほのめかしていることがわからず当惑していると、大柄な男はテーブルにひじをつき身を乗り出してきた。

「あるだろうよ。なあ、アルベルト、おまえはソニアをかわいいと思ったんだろう？」

「あんな境遇なのにけなげだと思います」

「美しいとも感じた。それは顔かたちが？」

「ええ。髪や瞳が綺麗だと感じました」

「だが、彼女以上に美しい女はいくらでもいるだろう？」

「まあ、そうですね。うーん、なにか違うのでしょうか？」

「自分で考えろ」

突き放すように言われて考えてみたものの、思い当たる節がない。

たしかにソニアは絶世の美女ではない。もっと見目のよい令嬢はいくらでもいる。

昔、婚約の打診で送られてきた姿絵の女性たちも容姿端麗だった。まったく興味が持てなかったが。

（ソニアは、ほかの女とは違う）

彼女はアルベルトに媚《こ》びない。自分の美しさを誇ったり、駆け引きめいたことを言ったりもしない。

「ソニアは石畳の隙間に咲く野の花のように、ただ懸命に生きている姿が美しいのかもしれません」

それは、どんな美女とも比べられないソニアだけの美だ。

ラルフがふっと笑みをこぼした。

「なあ、アルベルト。それは恋なんじゃないか？」

「は？」

思いもかけない言葉に珍しくアルベルトが硬直した。

「恋。知らないか？」

「概念は知っていますが」

「じゃあ、わかるだろ。相手のことを特別に感じて、できるだけ長く一緒にいたいと思う。はじめはそれだけで十分だったのに、ほかのだれにも渡したくない、自分のものにしたいと欲が湧く」

「…………」

四回目の授業の日、ソニアの婚約者を見かけたが、その傍若無人な態度に腹が立った。あんな男はソニアにふさわしくないといらいらした。

そして、ソニアの『心に想う男』。初めて会ったときに聞いた彼女の片恋の相手のことを考えると、焦燥感が込み上げる。

アルベルトは虚空を睨んだ。

「違います。これは恋なんかじゃない」

「それじゃあ、このまま彼女が別の男のものになってもいいのか？　彼女を忘れられるのか？」

「それは……」

　無理だ。

　アルベルトは強く思った。

　婚約者はもちろん、ソニアに想いを返さない男よりも、自分のほうが彼女を幸せにできる。自分は心のどこかでそんなふうに思っている。

（僕は恋なんかしない）

　けれど、だとしたら、この気持ちはなんなのか。

「毎週彼女と会っているんだろう？」

「家庭教師ですから。授業です」

「本当にそれだけか？」

　魔力発現のための実地訓練として、彼女の性的な成長をうながした。

　細い手を握り、痩せた体を抱きしめ、小さな唇を奪った。胸や背中を愛撫して、彼女の蜜口に自分の欲望を押しつけるように腰を振った。

「たしかに……それだけではないかもしれない。最近は、授業であることを忘れる瞬間がありました」

アルベルトは愕然とした。初めて自分が家庭教師としてではなく、男としてソニアと接していたことを自覚したのだ。

「そうか。いや、責めてるわけじゃないんだ。おまえがまた人を信じられるようになったんだと思うとうれしくてな」

ラルフはからかうでもなく、にこにことアルベルトを見つめている。

だが、アルベルトはそれどころではなかった。

「ソニアには婚約者がいるのです。結婚式ももうすぐだ。そういう想いを向けてはいけない人です」

「まあな。でも、おまえはあきらめてしまって後悔しないのか」

アルベルトは固く封印していた答えを探す。

自分はどう思っているのか。どうしたらいいのか。どうしたいのか。

胸の奥で眠っている真実を今揺り起こさなければ、たぶん一生後悔する。

「……気になることがあります」

ずっと心の隅で疑問に思っていたこと。

昨年あたりからやけに羽振りのいいノーディン子爵家の財政状況。思わせぶりな子爵の言動。

『――侯爵家ほどではありませんが、我が家もなかなかのものでしょう。ご覧ください。このホールにある芸術品も、世界のあちこちから集めたものなのですよ』

アルベルトがエステルのエスコートを打診され、断った日のことだ。子爵邸の玄関ホールには派手な装飾品が飾られ、子爵が自慢そうに眺めていた。

『これからは貴族にも才覚が必要な時代になります。アルベルト卿もご興味がおありでしたら詳しい者にお引き合わせしますので、いつでもおっしゃってください』

（詳しく調べてみたほうがいいな）

口を付けていなかった葡萄酒を手に取る。ぐいっと一気に杯を空けると、アルベルトは精悍《せいかん》な表情でにやりと笑った。

ラルフも呼応するように口もとを歪めて笑う。

「お？　調子が戻ってきたみたいじゃないか」

「方針を決めました。内密にではありますが、いずれ騎士団にも協力を仰ぐことになると思います」

「なんだ、公のことなのか？」

「まずは僕が探ってみます。とりあえずあなた個人に協力を求めてもいいですか？」

ラルフが目の前の親友を小馬鹿にするように肩をすくめた。

「水くさいな、当たり前だろう」

「市井の情報が欲しい」

「市中警護も騎士団の仕事のうちだ。任せておけ」

アルベルトは明日からの行動について考えを巡らせた。

ソニアの魔力は安定してきている。おそらく来週の授業が最後になるだろう。

問題はそこからどれだけ迅速に動けるかだ。ソニアの結婚式まで、あと二か月を切っている。

ラルフがもう二杯麦酒を注文し、片方の杯をアルベルトに押しつけてきた。

「アルベルト、おまえの初恋に乾杯！」

＊＊＊

聖エルドゥール火山への願掛け旅行から一週間が経った。今日はアルベルトが授業に来る日だ。

頭に巻いていたスカーフを外し、ソニアは乱れた髪を手ぐしで整えた。

指でくるくると毛先をもてあそぶ。以前はパサついて白茶けていた髪は、いつの間にか艶のある白金色に変化していた。

「あとでまた髪を隠さないと」

鏡を持っていないのでわからないが、髪の艶だけではなく顔色もよくなってきているらしい。最近屋敷の者たちのソニアを見る目が変わってきたので、目立たないよう布で髪を隠している。

「魔力のせいなのかしら」

ただ、それればかりではない気もした。自分でも表情が明るくなったように思う。アルベルトのことを考えると、自然と微笑みが浮かぶのだ。

狭い自室に彼の来訪を知らせる使いが来て、ソニアは客間に向かった。

「アルベルトさま」

背の高いうしろ姿。男性らしい引きしまったシルエットに胸がときめく。

アルベルトが振り返り、漆黒の瞳に見つめられると顔が熱くなった。

この一週間、聖なる山の夜を何度も思い出した。彼とふれ合ったときの幸福感が忘れられない。

アルベルトはいつものようにあいさつもなく切り出した。

「今日は最終試験です」

「……っ」

近々『その日』が来るのはわかっていた。最終試験――つまり、最後の授業。わかってはいたけれど、ソニアは大きな衝撃を受けた。

アルベルトはテーブルの上に大きめの魔法陣を広げる。

淡々と準備をする黒衣の魔術師を見ながら、ソニアは泣きそうになった。

感傷的になっているのは自分だけ。ソニアには人生を変えるほどの出来事だったけれど、彼にとっては違うのだ。

客間のソファーの前で立ち尽くすソニアに、アルベルトは冷静な顔を向ける。

「では、そこに腰かけて、魔法陣に手をかざしなさい」

向かいのソファーに座り、言われたとおり魔法陣の上に手を伸ばした。

アルベルトが呪文を唱えると、ソニアの手のひらから熱い風が流れていく。

「この魔法陣は、魔法の威力を十分の一に減じる効果があります。周囲への影響を抑える遮蔽の魔法もかけました。力の制御は気にしなくていいので、ここに火をつけてみなさい」

「はい」

魔術師が行う高度な魔法には呪文や詠唱がいる場合も多いが、火や水を発生させるだけの基本的な魔法には特別な言葉は必要ない。

ソニアは魔法陣から手をどけて目をつぶった。頭の中で燃え盛る炎をイメージする。かまど、暖炉、焚き火、山火事……。

大きな羊皮紙の上に炎が生まれる。ソニアが目を開くと小さな赤い火は一気にふくれ上がり、巨大な金色の炎の塊となった。

「そこまで。予想以上に大きかったですね」

アルベルトが手を横に振ると一瞬にして炎が消滅する。

「あなたの中の魔力はかなり目覚めているようです」

「はい……」

「次は水。今度は力の制御を意識して。フィンガーボウルに水をためるくらいの量で」

晩餐の席に置いてあるフィンガーボウルを想像する。あまり力を込めず、魔力を少しだけ放出した。

ソニアとアルベルトの間に丸い水の塊が現れる。

(できてしまった。本当に、これで最後なのね)

ふよふよと浮かぶ水塊を見ながら、ソニアは心の痛みをこらえていた。

「合格です。魔術師を目指すならもっと研鑽《けんさん》が必要ですが、婚姻の条件を満たすには十分すぎるほどでしょう」

アルベルトが魔法陣を片づけ始めた。折りたたんで四角い箱に入れたそれを魔術師のローブの隠しにしまう。

そして改まった様子で座り直すと、ソニアの名を呼んだ。

「ソニア。最後に聞きたいことがあります」

「なんでしょうか」

「あなたは以前『心に想う男』がいると言っていましたね？」

ソニアはハッとして顔を上げた。

「わたし、そんなこと言いましたか？」

「覚えていませんか？　僕が『心に想う男と結婚したいと考えたことはないのか』と聞いたら、あなたは否定せずに顔を赤くした」

覚えている。

心に浮かんだ相手が目の前の男だったから、ソニアはなにも言えなかった。

「そうか、明言はしていませんでしたか。だが、今さら否定はしませんね？」

「……………」

「それはだれなのです？　あの商人ではないですよね」

商人という言葉の響きに嫌悪感があった。どうやらアルベルトはヘルマンが気に食わないらしい。

意外と正義感が強いアルベルトのことだ。ソニアの大切な本を取り上げて、人の気持ちをもてあそんでいた男を不快に思っても当然だろう。

それでも、ヘルマンは家同士で契約を結んだ正式な婚約者だ。

「……それは」

言い淀《よど》むソニアにアルベルトは氷のような微笑を浮かべた。

「言えないのなら結構。今後あなたの片恋は考慮しません」

「え？」

「これで授業は終わりです」

彼の声がひんやりと低く客間に響く。

ソニアはソファーに座ったまま押し黙っていた。頭が真っ白でお礼の言葉も出てこない。

重い沈黙のあと、アルベルトがはっきりとした口調で言った。

「次は、違う立場で会いましょう」

違う立場。でも、家庭教師と生徒でなくなったら、アルベルトとソニアの間にはなんの関係も残らない。

片や名門侯爵家の出で、王国屈指のエリートである特級魔術師。片や商人の家に嫁入りが決まっている下級貴族の娘。

アルベルトの言葉は永遠の別れを告げるあいさつにしか聞こえなかった。

第五章　結婚式と火の女神

「お姉さま、もう準備はできました？　心配で様子を見に来ました」

王都の神殿の控室でひとりたたずんでいたソニアは、扉を開けて入ってきた少女を見て目を細めた。

濃い金色の髪が波打ち、華奢な背中を覆っている。エステルの愛らしさを引き立てる淡いピンク色のドレスはこの日のために新調したものだ。

「お嬢さま、わざわざ申し訳ありません」

ふだんどおり『お嬢さま』と呼ぶと、エステルは顔をしかめる。

「やめて。今はお父さまもお母さまもいないのよ」

優雅な足取りで近づいてきた少女がそっとソニアの手を握った。

「お姉さま、とても綺麗よ」

エステルの言葉に壁際の姿見を見た。

ソニアは白いドレスを着ていた。このドレスも今日のためにあつらえたものだけれど、エステルのドレスよりはかなりシンプルだ。

『平民と結婚するのだから、高級すぎるドレスはふさわしくない』

父が選んだドレスはカタログの中で一番安いものだったが、ソニアにとっては初めての自分専用のドレスだった。

古着ではない――以前なら、それだけで心が躍ったかもしれない。けれど今は気持ちが沈んでいた。

なぜなら、これがウエディングドレスだからだ。

（とうとう結婚式の日が来てしまった）

女の使用人たちがなに食わぬ顔で髪を結い、着付けや化粧をしてくれた。

あとは式の始まる時刻を待つばかりだ。

ソニアは思わず深くため息をついた。すると、ソニアの手をつかんでいたエステルが突然涙ぐんだ。

「なにも力になれなくてごめんなさい」

「お嬢さ……エステル？」

悔しそうに声を震わせて謝るエステル。その理由がわからず、ソニアは戸惑った。

「あんな男のもとに嫁がなければならないなんて」

あんな男とは、今日ソニアの夫となるヘルマン・ダールのことだろう。まるでエステルがソニアを心配しているような口振りだ。

「もっと早くお姉さまとお話ししたかった。わたくしはずっと、お姉さまのことが気がかりでした」

「わたしのことが？」

「はい。今さらなにを言うんだと思うだろうけれど、本当なの」

エステルの目は真剣で嘘をついているようには見えない。

でも、物心がついたころから、エステルは『お嬢さま』。姉妹として親しく過ごした時間などなかった。

「わかっています。すぐには信用できないでしょうね。わたくしは子供心に、不思議に思っていたの。なぜお姉さまが他人の前では子爵家の令嬢として扱われるのに、家の中では使用人なのか」

「…………」

「十歳になったころ、ようやく理解したのです。わたくしとお姉さまの母親が違うこと。それで、お姉さまがお母さまにうとまれていること……」

エステルが涙声で打ち明けたのは、ずっと隠していた姉への思いだった。

ノーディン子爵家の事情に気づいてから、エステルはそれまで以上にソニアへの無関心を装った。

自分が両親から偏愛されていることはよくわかっていた。もしエステルが姉に興味を持っているような素振りをしたら、きっとソニアに害を及ぼしてしまう。そう幼心に考えたのだ。

「でも、わたくしはお姉さまが優しい方だと知っていました。あの日から、いつかお姉さまにお詫《わ》びとお礼を言いたいと思っていたの」

「あの日？」

「はい、お姉さまは覚えていないかしら。昔、お姉さまにりんごをもらったことがあるのです」

「りんご……」

「まだあなたがお姉さまだとは知らなかったころです。年上の女の子が持っていた真っ赤なりんごが、とても綺麗で欲しくなってしまったの。お腹が空いていたわけではないのだけど」

そういえばと、ソニアもうっすらと思い出した。

満足な食事を与えられず、子供時代のソニアはいつも空腹だった。年老いて引退間近の料理人がそれを見かねて、ソニアにりんごをくれたのだ。

その赤くて硬い果実は甘酸っぱい香りがした。エプロンの端で磨くとピカピカに光って、宝石のようだった。それ以来りんごはソニアの一番の好物になった。

けれど、庭の木の陰でりんごをかじろうとしたとき、小さな女の子に見つかった。彼女が自分の妹だとは知らずに、ソニアはりんごをその子にあげた。

「あのときはありがとうございました。そして、お姉さまのりんごを取ってしまってごめんなさい」

「そんなことは気にしないでください。もうずいぶん前のことですし」

「それだけではなくて、ずっと……ずっと、なにもできなくて。せめて結婚して家を出たら、幸せになってほしかったのに」

エステルが泣き崩れて、ひざをつく。

驚いて妹を見ていたソニアは、わずかに微笑んだ。エステルの横にしゃがんで、その腕にそっとふれる。

(気がつかなかったけれど、あの家の中にわたしを見守ってくれる人がいたのね)

ほんのりとあたたかい気持ちになった。

つらかった日々が変わるわけではないし、結婚してからも状況は好転しないと思う。けれど、自分のために泣いてくれる人がいるなんて想像したこともなかったのだ。ソニアは少し救われた気がした。

(もう絶望しか残っていないと思っていたけれど……)

アルベルトと会えなくなってから、ひと月以上。二度と笑うことなどできないと感じていた。

でも、きっとこうして人は長い人生を過ごしていくのだ。ほんの少しの安らぎを見出しつつ、さまざまな夢をあきらめて。

ソニアは泣きじゃくる妹を慰めながら、そう自分を納得させようとした。

「そんなに泣いたら、目が腫れてしまいます」

エステルの肩を優しくなでる。

「あ……っ？」

ちょうどその瞬間に、神殿の建物がぐらりと揺れた。また地震だ。

今月に入って何度目だろう。控室にある椅子や机がカタカタと音を立てる。

「エステル、大丈夫ですか？」

「はい。近ごろ地震が多くありませんか？」

ソニアもうなずいて、揺れが収まるのを待った。

今回もそれほど大きな地震ではなさそうだ。小刻みな揺れがしばらく続き、やがて何事もなかったかのように神殿は静まり、外を飛びかう小鳥の鳴き声が聞こえてくる。

（結婚式の最中に何事もないといいのだけど）

天井から埃が落ちてきたのだろうか。白いドレスにかすかな汚れが付いている。

ぼんやりとした不安が心の奥に広がった。


中央神殿は王都の中心にある。数棟の石造りの建物が回廊でつながり、ひとつの大きな神殿となっている。

その片隅の小神殿が、ソニアとヘルマンの結婚式場だ。

下級貴族の儀式に使われる小神殿のホールは厳粛な空気に包まれていた。

「ノーディン子爵令嬢ソニア、王都商人ギルド所属ダール商会ヘルマン、こちらへ」

祭壇の前に立つ神官の声に、まずは貴族であるソニアが歩き始める。そのうしろから盛装したヘルマンが続く。

ホールの入り口から祭壇までの床には美しいタイルが貼られていて華やかだ。タイルの身廊の両側には椅子が並べられ、結婚式の出席者が座っている。

列席しているのはヘルマンの関係者がほとんどで、ノーディン子爵家からは両親と妹だけ。最前列の貴族席で子爵夫妻はつまらなそうな顔をしていた。エステルは泣きそうな表情だった。

「それでは、結婚の女神オンネリネの御前にて神聖なる婚姻の儀式を始めます」

祭壇の前には短い階段があり、一番上の段に神官、二番目の段にソニアとヘルマンが並んで立った。

「花嫁、花婿、立会人の皆さまも、女神に祈りを捧《ささ》げてください」

神官が奥に祀《まつ》られている女神の像に長々と祈りの言葉を唱え、壁際に並んだ女性神官たちが女神に捧げる聖歌を合唱する。

聖歌が終わると神官は祭壇のうしろへ移動し、ソニアとヘルマンに向き直った。

「ソニア・ノーディン、ヘルマン・ダール、こちらの誓約書に署名を」

祭壇の抽斗《ひきだし》から取り出されたのは、あとはふたりが署名をするだけに整えられた一枚の書類。

神官はそれをソニアとヘルマンに指し示した。

（婚姻の誓約書……。これに名前を書いたら正式に夫婦となる。もうソニア・ノーディンには戻れなくなるんだわ）

貴族階級の人間が絡んだ婚姻の誓約書は神殿で保管され、よほどのことがないかぎり破棄できない。エルドゥール王国では貴族の離婚はとても難しい。

魔力の血統を追う目的もあって、妾ですら届け出なければならないのだ。ソニアの実の母親も、名前だけはノーディン子爵家の非公式の第二夫人として記録されているはずだ。

ソニアは乱れそうになる心を落ち着かせるため、細く息を吐き出した。

（……さようなら、アルベルトさま）

ホールはしんと静まり返り、王都の喧騒《けんそう》がぼんやりと聞こえてくる。

もう季節は夏だけれど、石造りの建物の中はひんやりとしていた。

（わたし、この夏のことを……アルベルトさまへの想いをずっと忘れません）

ソニアは羽根ペンを手に取った。

ペン先をインクに浸し、羊皮紙に名前を書き始める。高い折り上げ天井に、ペン先が紙に引っかかる音がかすかに響く。

ちゃんとした教育を受けておらず文字を書き慣れていないソニアは、間違えないようにゆっくりと自分の名前を綴っていった。

そのときソニアの背後、ホールの出入り口あたりでガタンと音がした。

「…………？」

厳かな静寂の中に、ギイッと重い扉を引きずる音が続く。

（扉が開いた？　こんなときにだれか入ってきたのかしら）

気になって振り返って見ると、半分ほど開いた扉の奥に人影があった。結婚式の列席者も気づいたのか、声にならないどよめきが上がる。

（あれは……？）

その影は、男だった。

夏の明るい日差しを背に受けているので、顔は見えない。彼が室内に一歩踏み出すと、黒いブーツのかかとがタイルに当たってカツンと音を立てる。

そのまますると中に入り込んだ男は、夏だというのに長いローブを羽織っていた。ローブの色は漆黒。なめらかな黒布に複雑な曲線を描く銀の刺繍。

だれもが身にまとうことのできる衣服ではない。エルドゥール王国でも限られた地位の人間だけが身につけることを許された、そのローブは――。

「どうして、あなたが……」

ソニアが息を呑む。男の身分を知った招待客たちもざわざわと騒がしくなった。

神殿のステンドグラスから差し込む美しい光。その中に全身を現した、背の高い男。

「アルベルトさま⁉」

王国最強の魔力を誇る、特級魔術師アルベルト・リンドグレーン。

彼は片手を挙げて観衆に沈黙をうながすと、よく通る声で宣言した。

「その婚姻に異議あり！」

アルベルトの言葉にホールは静まり返った。

静寂の支配する会場にカツン、カツンとブーツの足音が響く。その場にいるすべての人に凝視されながら、特級魔術師は祭壇の下にやってきた。

「間に合ったようですね」

羽根ペンを持ったソニアの手もとを見つめ、アルベルトはかすかに息を吐いた。

「なぜ、ここに？」

呆然とした花嫁のつぶやきに、花婿と神官もわれに返る。

ヘルマンが困惑した声で壇上から問いかけた。

「何事ですか、アルベルト卿」

儀式をつかさどる神官もアルベルトを詰問する。

「特級魔術師のアルベルト・リンドグレーン卿とお見受けしますが、ここは結婚の女神オンネリネの御前。『婚姻に異議あり』とは、場合によっては不敬罪になりますぞ」

アルベルトは唇の両端を上げ、神官に向かって皮肉っぽく笑った。

「この式を執り行うこと自体が女神への冒瀆《ぼうとく》です」

「それはどういう意味ですかな」

「ヘルマン・ダールが国家法に違反している事実が判明しました。この婚姻は女神オンネリネの高潔を汚し、ノーディン子爵家に要らぬ傷を付けることになります」

しんとしていたホールが一気にざわめいた。

「ヘルマン・ダールは下級貴族たちに取り入って言葉巧みに違法賭博へと誘い、財産をだまし取っています。そして金銭に困った彼らへ高利で金を貸し、さらに大がかりな賭け事や異国の高価な品を斡旋《あっせん》する。その繰り返しで財を成しました」

「嘘だ！　その男は嘘をついている‼」

呆気《あっけ》に取られていたヘルマンが、突然大声を張り上げる。

「なんの証拠もなく人をおとしめるとは名誉毀損もいいところだ！」

「証拠はそろえていますよ。このひと月半、騎士団とともに調査して、被害に遭った下級貴族やあなたに協力した貿易商の言質を取りました。裏帳簿も押収しています」

王国騎士団が動いているということは、国の認めた公式な捜査なのだ。

動揺したソニアはペンを取り落とし、自分の体をぎゅっと抱きしめた。

（ヘルマンさまが法を犯している⁉）

結婚式の出席者も不安そうに耳打ちし合っている。商人ギルドの関係者の間から、万が一協力者だと疑われたら商売にかかわるというささやきが聞こえてきた。

まさかノーディン子爵家も犯罪にかかわっているのだろうか。

ソニアは子爵邸の豪華な調度品を思い出していた。たしか両親が高価なものを集め始めたのは、ヘルマンとの婚約話が出たころからだ。

そういえば、父が家庭教師に来たアルベルトに言っていた。

『これからは貴族にも才覚が必要な時代になります。アルベルト卿もご興味がおありでしたら詳しい者にお引き合わせしますので、いつでもおっしゃってください』

詳しい者とは、きっとヘルマンのことだ。

ヘルマンからの結納金で余裕ができたのかと思っていたが、それだけではないのかもしれない。エステルが魔力を発現させアルベルトへの恋を打ち明けたときも、父は得意げに話していた。

『ノーディン子爵家もこのままでは終わらないからな。今の根回しがうまく行けば、爵位も上がるかもしれない』

あのときも違和感があった。

父が具体的になにをしたのかはわからない。

さっきアルベルトは『ノーディン子爵家に要らぬ傷を付けることになる』と言っていたけれど、本当に『要らぬ傷』なのだろうか。

（ヘルマンさまとの結婚はどうなるの？　子爵家はどうなってしまうの？）

足が震えて立っていられない。くらっとめまいがして倒れそうになる。

ソニアが階段から落ちそうになったそのとき、力強い腕が差し出された。

「ソニア！」

男の腕がソニアの腰に回り、ふわっと抱き上げられる。真っ白なウエディングドレスの裾がひらめき、魔術師の黒いローブと重なり合う。

不安定な体勢になったソニアは、思わず男の首に抱きついた。

「アル……ベルトさま……」

アルベルトはソニアを横抱きにしたまま祭壇の女神像に目をやって、きっぱりと言い切った。

「この婚姻は無効です。彼女はヘルマン・ダールの妻にはならない」

漆黒の瞳が周囲を睨みつける。

口を半開きにしたままのヘルマン。動揺のあまり祭壇に手をつき、震えている神官。そして出席者たちも、アルベルトの鋭い視線に押し黙った。小神殿を静寂が覆い尽くす。

最前列に座る両親の顔色は蒼白《そうはく》だった。

(エステル？)

ただエステルだけがなぜか喜びの表情を浮かべていた。祈りを捧げるように両手を胸の前で組み、潤んだ瞳でソニアを見ている。

エステルは姉と視線が合ったことに気づくと、小さく口をぱくぱくとさせた。

(なにか言ってる？　よ、かった、わね、おねえさま？　ええ？)

気を散らしているソニアに気づいたアルベルトが、苛立たしそうに舌打ちする。こっちを見ろと言わんばかりに強く抱きしめられて、ソニアはひどく戸惑った。

そこに大きな音を立てて、屈強な男たちが入ってきた。王国騎士団だ。先頭の赤毛の騎士がアルベルトに向けて軽く手を挙げた。

アルベルトがうなずくと、騎士たちは壇上のヘルマンと会場にいた数人の商人を捕縛する。ヘルマンはしばらく抵抗していたが、騎士によって連れ出された。

「アルベルトさま、これは、あの」

「大丈夫です。あなたは僕が守ります」

「え……？」

アルベルトがどうしてそんなことを言うのかわからず、ソニアは目をまたたかせた。

その言葉だけを聞いたら、彼がソニアを大切に思っているのではないかと誤解してしまいそうだ。

守るとはどういう意味なのか、ソニアが思い切って事情を聞こうと口を開いた――次の刹那。

「…………」

ふと異常を感じて、ソニアは天井を見上げた。

彼女の様子に気づいたアルベルトも警戒するように宙を見る。

（耳鳴り？）

耳の奥にキーンと鋭い音がする。どこからか、ゴオォォォォォと重く低い音が響き始めた。

ざわざわとしていた人々も次第にその音に気づき、音の源を探すように周囲を見回している。

(違うわ。これは、地鳴り……?)

やがて、さらなる轟音《ごうおん》によって地響きはかき消された。

ドンと突き上げるような衝撃が走り、小神殿が激しく揺れ始める。

「地震だ!」

だれかが叫んだ。

揺れはどんどんひどくなる。壁がきしみ、窓ガラスが割れて、床が波打つ。

ソニアも、もちろんホールにいる人々も、日常の出来事として慣れてしまうほど地震の多い国に生きている。

でも、これは今まで感じたことのない大きな震動だ。ソニアは悲鳴を上げることすらできない。

「大きいぞ」

「この神殿は大丈夫なのか⁉」

しかし逃げ出そうとしても、あまりの揺れにだれもその場から動けない。

しばらくしてようやく大地の震動は収まった。

そこに外から駆け込んできたのはひとりの騎士だった。息を切らした騎士は大声を張り上げた。

「急報です! 聖エルドゥール火山が噴火しています‼」

それは、だれも予想していなかった非常事態だった。

騎士がなにを言っているのか一瞬理解できず、ソニアは割れた窓の外をぼんやりと眺めた。

青い空に白い雲。いつもと変わらない空なのに、この国になにか異常なことが起こりつつある……。

夢の中のような非現実感と、ピンと張り詰めた緊張感。

両極端の感覚に凍りついたホールで、アルベルトがいち早く平常心を取り戻した。

「――ソニア、僕にしがみついていて」

「え⁉　きゃあ！」

横抱きにしたソニアを抱え直すと、アルベルトはそのまま小神殿の外に向かって走り出す。

扉を出たところで若い騎士がアルベルトに声をかけた。

「アルベルトさま、馬を用意しています。どうぞお使いください」

アルベルトの行く先にいた人々が道を開ける。そこには大きな軍馬が用意されていた。

騎士にも劣らないいきびきびとした動きで、アルベルトは馬に駆け寄った。

まずソニアを馬の背に乗せ、うしろに自身がまたがる。片腕をソニアの腹部に回して支えて片手で手綱を取ると、小柄で華奢なソニアはアルベルトの腕の中にすっぽりと納まった。

先ほど小神殿で商人を捕縛していた真っ赤な髪の騎士が話しかけてくる。

「アルベルト、噴火した聖エルドゥール火山から溶岩が流れ出している」

アルベルトを呼び捨てにする人は珍しい。彼もたくましい軍馬に騎乗している。

「溶岩流の向かっている方向は、火山の麓の保養地だ」

アルベルトは彼を見てうなずいた。

「わかりました。状況は道すがら聞きます」

「おう。騎士団は先に向かわせている。現地で住民の避難を采配する予定だ。魔術師団にも協力を要請した」

「魔術師団と合流したら、そちらの指揮は僕が取ります」

「じゃあ、出発するぞ」

緊張に凝り固まっているソニアの耳もとで、アルベルトがささやく。

「ソニア、舌をかまないようにしっかり口を閉じて」

「は、はい」

「できるだけ余計な力を抜いて、僕に身を任せるように」

馬が走り出すと、乗馬をしたことのないソニアには地震以上の揺れに感じた。

ウエディングドレスの裾がひらひらと舞って足が見えそうになる。だが、必死でアルベルトの腕にしがみついているしかない。

(保養地って、アルベルトさまと旅行に行ったところよね。あの町が溶岩流に呑み込まれ

てしまうなんて）

聖エルドゥール火山の噴火は先々代の国王の治世以来の出来事だ。ソニアにとっても昔話のような感覚だったけれど、知っている場所だからか実感が生々しく迫る。

緊張でいやな汗が出て手足が冷たくなった。ソニアの気をまぎらわせるようにアルベルトが声をかけてくれた。

「しゃべらなくていいから、そのまま聞きなさい。聖なる火山の噴火は、火の女神エルダのかんしゃくと言われています」

「…………」

「女神の夫、金狼のウルがほかの女に目を向けたとき、エルダの怒りが爆発し噴火するのだそうです」

情熱的で嫉妬深い火の女神エルダ。夫である半獣神ウルを愛するあまり、女神エルダはウルを束縛する。そして、その執着を息苦しく感じたウルが浮気を繰り返すという神話がある。

子供のころ乳母から聞いた記憶があった。

「僕は男ですが、女神エルダの気持ちがわかりますよ。時折、あなたの心に住む男を殺してしまいたくなります」

「な……」

なにを言い出すのか、と聞こうとしてソニアは舌を嚙みそうになった。

軍馬は馬車よりもずっと速く街道を駆けていく。上下に体が跳ねて尻が痛い。体勢が少し安定してほっとする。

アルベルトの腕にぐっと引き寄せられ、彼の胸に背中が密着した。

けれどすぐ、うしろから突き上げられるような動きにドキッとして息を呑んだ。

(……あの夜、アルベルトさまは四つ這いになったわたしの背中に覆いかぶさって、そのあと……)

——激しく腰を前後させた。

聖火山の保養地の館。静かな森。青白い月明かりに照らされながら、抱き合った夜。

そして、なにか硬いものがソニアの太ももにゴリゴリと当たり、それを強く押しつけたアルベルトはつらそうなうなり声を上げたのだ。

体の奥にある魔力が刺激されて、ソニアもまた喘いでいた。その体のうずきは明らかに快感だった。ソニアの足の間はいつの間にかびっしょりと濡れていた。

(そんなことを考えている場合じゃないのに)

また泉から蜜があふれてきそうになる。あのときのように。

「んっ」

思わず吐息がこぼれて、ソニアは唇を嚙みしめた。

「どうしました?」

耳にアルベルトの息がかかる。

「あっ」

「…………」

アルベルトがなにか言うかと思ったが、彼は押し黙りソニアに覆いかぶさった。

痛いほど強く抱きしめられる。密着したふたりの体が同時に上下する。

「……すべてが終わったら、また」

そうささやいてアルベルトは口をつぐんだ。

（またって、なにを）

でも、舌を噛んでしまいそうで聞けない。

「そのときは忘れさせてみせます。あなたの中の男を」

なんのことだろう。先ほどの『あなたの心に住む男を殺してしまいたくなる』という言葉もそうだけれど、アルベルトはなにか誤解している。

ソニアの想い人は、彼なのに。

「そろそろ着きますよ。曲がり角を過ぎたら山が見えます」

アルベルトがまっすぐ前を向いて大きな声で言った。

少し離れて駆けていた騎士たちが、ふたりを護衛するように近づいてきて編隊を組む。

「あ！」

山の斜面を切り開いた街道を曲がると、眼前に火山の威容が現れた。

聖エルドゥール火山。火の女神エルダの棲み処《すみか》。

その山裾は翠色《みどり》のドレスのようになだらかな線を描き、美しい山体を誇っている。

ただ、山の頂からは見たこともない勢いの白煙がもうもうと噴き上がっていた。

「女神がかんしゃくを起こしていますね」

噴煙の下のほうは赤く染まっている。

「火口の内側の炎が反射して、煙が赤く光る現象です。昔の文献では火映《かえい》と呼ばれていました」

不気味な色だ。生き物の血液のような赤黒い光。

火口の端からはだらだらと溶岩があふれていた。粘度の高い溶岩がゆっくりと稜線《りょうせん》を越え、山麓に向かって流れていく。

「ここまでにおいがしますね」

意識してかぐと、たしかに腐った卵のような悪臭や焦《こ》げくささが漂っている。微妙に視界も煙《けむ》ってきた。

「五十年前よりも規模の大きい噴火のようです」

アルベルトは鋭い漆黒の双眸《そうぼう》を山頂に向けていた。ソニアもアルベルトから火山へと視線を移す。

「ソニア」

「………」

「あなたの力が必要です」

思わず見上げると、真剣なまなざしがソニアを見つめていた。

「町に残った者は、頑丈な石造りの建物の中に避難せよ！」

アルベルトを呼び捨てにしていた赤毛のたくましい騎士は、騎士団の団長だったようだ。騎士たちの先頭に立ち、町の広場に集まった人々へ指示を出している。

風向きが幸いしたのか降灰はそれほどひどくない。ただ時々噴石が飛んでくるのが危険だった。

馬車を所有している者や足に自信のある者は先に避難したらしい。町には高齢者や病人、怪我人が残されていた。

「具合の悪い者は挙手を！　部下に背負わせる。遠慮するな」

そう言われても、なかなか王都から来た『騎士さま』におぶってくれとは言い出せない。騎士たちはそんな平民を引っ張り上げるようにして抱え、堅牢な造りの商家や宿屋の中へと連れていく。

それを見送った騎士団長がアルベルトとソニアのいる建物に入ってきた。

「アルベルト、溶岩流はなんとかなりそうか」

「今、準備しています」

広場に面した役場の建物が、騎士と魔術師の拠点となった。

小さな町のならわしで、役場は町で唯一の酒場とつながっている。王都から駆けつけた十人ほどの魔術師が、その酒場の机を囲んで話し合っていた。

窓際のテーブルに広げられているのは、複雑な紋様の描かれた数枚の羊皮紙。たぶんあれは魔法陣だ。ソニアが知っているものよりはずいぶんと大きい。

ソニアはアルベルトのかたわらで、騎士や魔術師が忙しく動き回る様子を眺めていた。

(すごく場違いな気がする。わたし、こんなところにいて迷惑じゃないかしら)

それでも彼がソニアを必要としているという言葉を信じて待つしかない。

アルベルト以外の魔術師も精鋭ぞろいのエリートだ。そんな彼らが頭を突き合わせて溶岩流を止める方法を検討している。

「――水魔法を使った場合、町の手前で溶岩流を食い止めるためには……」

「それでは、魔力不足になる。もっと合理的に……」

「いや、水魔法で溶岩を冷やすのではなく……」

もちろんこの町を救いたいという思いもあるだろうが、彼らが必死になっているのには実はそれよりも大きな理由があった。

王都だ。溶岩流の向かっている方角に王都がある。

溶岩流の速さはそれほどでもないが、噴火は終わることなく、どんどん溶岩の嵩《かさ》が増している。このままだと近々王都に到達する恐れがあるというのだ。

「時間がない」とアルベルトが眉間にしわを寄せると、別の魔術師が「だが、迅速さを重視すると魔力が足りません」と反論する。

（この国はどうなってしまうんだろう）

女神の怒りによって国が滅んでしまうかもしれないと思うと、恐ろしさに震えが止まらなくなる。

こうしている間にも刻一刻と溶岩流が迫っている。夕方になって風が強まると、山の焼けるにおいがさらに強くなった。

ソニアが寒けだって二の腕をさすっていると、その様子に気づいたアルベルトがソニアの肩にふれた。

ウエディングドレスのまま馬に乗ってきたので、肩のあたりは露出している。アルベルトはソニアの素肌にふれて、ハッと驚いたように手を浮かせた。

（アルベルトさま？）

一瞬動揺したアルベルトはすぐにいつもの冷たい表情に戻り、椅子から立ち上がって、王都からずっと着ていたローブを脱ぎ始めた。下は貴族らしい上等な外出着だ。

軽くローブの埃を払うとソニアの肩に羽織らせる。

「え？」

黒地に銀の刺繍がほどこされたローブ。それは特級魔術師の象徴だ。簡単に人に貸していいものではないだろう。

「ありがとうございます。でも、大丈夫なんですか？　特別なローブなんですよね？」

「そうですね。だが、非常時です」

たしかにこの町は高地にあり、夏でも日が暮れると冷える。震えていたのは寒いからではないけれど、心遣いはありがたかった。

ソニアがローブの前をかき寄せ体を覆い隠すのを見て、アルベルトは満足そうにうなずいた。

「僕としたことが、あなたのしどけない姿をほかの男に見せてしまいました。緊急事態とはいえ不覚でした」

「し、しどけない？」

彼はなにを言っているのだろう。

ウエディングドレスの白かった生地は汚れ、繊細なレースは破れて、結婚式のときよりは間違いなく肌がむき出しになっている。長時間馬にまたがっていたため、ドレスの裾もしわくちゃに乱れてしまった。

だけど、ほかの男？　ソニアの格好など、今この大変なときにだれも気にしていないと思う。

「――特級魔術師のローブを……貸しただと？」

声がして振り返ると、同じテーブルにいた魔術師たちが異様なものを見るような目で、ソニアとアルベルトを凝視していた。

彼らも黒いローブを身につけているが、凝った刺繍はなく、あったとしても別の色の縁取りだけだ。

「しかも、アルベルトさまが自分から女性にふれた？」

「しかたなく相乗りしていただけではないのか」

魔術師たちが顔を見合わせて早口で話しているところに、ふたたび赤毛の騎士がやってきた。

「よう、余裕がありそうだな、魔術師諸兄」

「ラルフ。僕の脳内ではだいたい構想ができました。彼らと共有するので、もう少し時間が必要です」

アルベルトが騎士団長の名を呼んだ。真っ赤な髪の騎士はラルフというらしい。

「わかった。作戦開始は夜になりそうだな。そのつもりで騎士団も用意をしておこう。……で、その子が例の彼女？」

「そうです。状況が落ち着いたら紹介します」

「へえぇぇぇ、かわいい子じゃないか。ソニアちゃん、よろしくな」

ラルフがニコッと笑ってソニアに声をかけた。

（ソニア、ちゃん？　見ず知らずの方だったわよね？）

ソニアは戸惑って返事ができない。

するとアルベルトがラルフの胸に向けて、ぐっと握り拳を突き出した。

ここで殴り合いが始まるのかと驚いたら、その拳をラルフが手のひらで受け止めた。黒いグローブをした手と白いグローブをした手が当たり、バシッと乾いた音がする。

「ラルフ！　勝手に声をかけるな！」

「おっと、本気かよ。わかったわかった、じゃあ、さっさと紹介しろ」

アルベルトは眉をひそめ、こめかみを押さえて、ふうっとため息をついた。

ひそひそと話していた魔術師たちも、あっけらかんとした騎士団長に乗じてアルベルトに質問をする。

「今後行動をともにするのなら、私たちも知っておきたいのですが。アルベルトさま、その女性はいったい？」

「わかりました。皆さんにも紹介しておきましょう」

椅子から立ち上がり、ソニアに手のひらを差し出すアルベルト。ソニアは困惑しながらもその手を取って、彼の横に立った。

アルベルトがラルフと視線を合わせてから、魔術師たちを見回す。

「彼女はソニア・ノーディン」

恐ろしいほど秀麗な顔がソニアを見下ろし、わずかに微笑みを浮かべた。

もともと氷のように冷たい表情をしているので、少し唇がほころんだだけで一気に華やかさが増す。ソニアはついうっとりと彼の顔を見つめてしまった。

そして見目麗しい特級魔術師は、神聖な誓いのように厳かな口調で宣言した。

「ソニアはノーディン子爵家の息女であり、僕の大切な――魔力タンクです」

「はあ⁉」

ふたりを見守っていたラルフと魔術師たちがいっせいに大声を上げた。

役場の中をあわただしく動いていた人々は奇声に驚いて足を止める。

「なんだ、それ」

気の抜けたようなラルフの声が響きわたった。


町外れの丘から、赤黒く光る溶岩流が見えた。

すでに日は沈み、聖エルドゥール火山は巨大な影になっている。溶岩が闇色の森を焼きながらゆっくりと下ってくる様子は、まがまがしい大蛇のようだった。

「あれを止めるのですね」

ソニアはアルベルトとともに、丘の頂に立っていた。

頂上の木々は騎士団によって切り倒され、広々としている。ところどころに篝火《かがりび》の煙はあるが、火山の噴煙は風に流され視界はいい。

見上げると夜空に満天の星が輝いていた。

「そうです。手を貸しなさい」

労力を貸すという意味ではない。ソニアは文字どおり手を差し出した。アルベルトは黒いショートグローブを外し、素手でその細い指をつかんだ。

手をつなぐふたりを魔術師団が取り囲んでいる。さらにその周囲を騎士団が守り、獣や凶漢が魔法を中断させることのないよう警戒していた。

「ソニア、もっと背筋をのばして。あなたは今、仮にも特級魔術師のローブをまとっているのです」

「ローブは破れたドレスを隠すためではないのですか？」

「もちろん、それもあります。だが、この場で特級魔術師のローブをまとうことの意味は、みんな承知しています」

「……ローブの意味？」

「僕が認めたのです。あなたの役割はそのローブにふさわしいと。だから、胸を張りなさい」

「は、はい」

ソニアは顔を上げて、遠くで不吉な光を放つ溶岩流を見据えた。

魔術師や騎士の視線を感じる。

期待と不安。そして、突然重要人物として表舞台に現れたソニアに対する好奇心だ。

数時間前、酒場の一角で溶岩流を止める方法を検討していた魔術師団にアルベルトがこの作戦を提案したとき、魔術師たちは半信半疑だった。

『魔力タンクですか。いくらアルベルトさまの見立てとはいえ、子爵家の血筋にそんな膨大な魔力があるものでしょうか』

『魔力の補給を担当するということは、お互いの魔力回路をつなぐのですよね。ソニア嬢がその負荷に耐えられるとは思えない』

『アルベルトさまが魔力を全開にした場合、下手をしたら魔力を受け止め切れずに死にますぞ』

否定的な意見はもちろん、魔術師ですらない一般人のソニアを心配する声もあった。

それでもアルベルトはすべての反対意見を退けた。

彼の考案した計画を完遂するためには魔術師団の魔力では足りない。アルベルトがもうひとりいなければ間に合わないくらいの魔力が必要だった。

そしてソニアの中には、アルベルトに匹敵する量の魔力が眠っている。

（魔力タンクとして、わたしの力が必要だとアルベルトさまは言った）

今までだれかに必要とされたことなどなかった。自分の価値を認めてくれる人なんていなかった。自分の存在意義は、子爵家の手駒のひとつとして条件のいい相手に嫁ぐことだけだと思っていた。

ソニアの希望や意志はそこにはない。ソニアは『ソニア』という名前の付いた、都合のいい歯車でしかないのだ。

貴族の血を半分だけ引いている『高貴なる召使い』。そんな偽物の令嬢への、初めての要請。

（わたしの魔力を動かすのは、わたし自身。わたしが自分の意志で力を使わないと効果は

い能力だからだ。

半減してしまう)

本能的に感じた。魔力の発現と性的快感が結びついているのは、たぶん魔力が本能に近い能力だからだ。

(わたしはアルベルトさまのお役に立ちたい)

ソニアは隣に立つ男を見上げた。

最初はただの憧れだった。

四年前の特級魔術師叙任式。王国中の注目を一身に浴びて、その舞台に立つアルベルトは、力むこともおごることもなくすっと背筋を伸ばして立っていた。

今、ソニアは彼の力になれる場所にいる。

「ソニア、最初に僕とあなたの間に魔力回路の構築をします。僕が回路を開くまでは魔力の行き来はしないので、安心しなさい」

「はい、お願いします」

つないだ手と手の間に熱が生まれた。熱の塊は動くことなく、手のひらにとどまっている。

そういえば最初の授業で、試験的に魔力を流されたときもこんな熱さを感じた。もっと弱くてぬるい熱だったけれど。

(初めて会った日に抱きしめられて、手を握られて……本当にびっくりしたわ)

ソニアは思い出して、小さくくすっと笑った。

子爵家での厳しい暮らしの中で心の支えにしてきた憧れの人は、想像していたのとは全然違っていた。

四年前、美しく華やかに見えた特級魔術師は、間近で会っても貴婦人と見間違えるほどの美貌だった。けれど、その表情は冷たく口調は皮肉っぽく、なによりも女性をひどく嫌っていた。

それでも彼はソニアに優しかった。ソニアをひとりの人間として扱ってくれた。古書店へ連れていってくれたことや、字引を買ってくれたことをソニアは一生忘れない。

そして今朝の結婚式で、結婚の契約が成立する直前にアルベルトは現れた。ヘルマンの罪を暴き、神殿からさらうように連れ出してくれたのだ。

（うれしかった……）

彼にそういう意図はないだろうけど、まるでソニアを救いに来てくれた王子さまのようで、ひそかに心が躍った。

結婚式の中断に花婿の捕縛といった、目の回るような出来事が立て続けに起きただけではない。

五十年ぶりの聖火山の噴火と溶岩流の脅威——身近に命の危険を感じて、ようやくソニアは認めた。

もう、自分を偽ることはできない。

（わたし、アルベルトさまが好き。憧れだけじゃない。ひとりの男性として……愛してい

る）

だれよりも大事な人。

想いを返してもらうのは無理だとわかっている。

（でも、せめてアルベルトさまの隣に立って、恥ずかしくない自分でいたい）

ソニアは目を閉じてアルベルトの気配を全身で感じようとした。

自然と肩の力が抜け、周囲の雑音が気にならなくなる。

「それでは始めます。魔術師団、詠唱開始」

アルベルトの指示で、大がかりな魔法を発動させるための呪文の詠唱が始まる。

ソニアはその呪文を聞くともなく聞いていた。

静かなたたずまいに魔術師や騎士の視線が集中する。

銀の刺繍のほどこされた黒いローブをまとい姿勢を正したソニアは、小さな特級魔術師のようだ。

だが、訓練を積んだ魔術師とは雰囲気が違う。真の特級魔術師であるアルベルトの横で祈るように目を伏せた神秘的な姿は、魔術師というより伝説の聖女にも見えた。

結婚式のために結い上げていた長い髪がほどけて夜風になびく。白金色の髪が星明かりをはじいて神秘的に輝く。

アルベルトもよく響く低い声で呪文を唱え始めた。

「大地の女神フローギスに祈りを捧げるは、火の女神エルダの守護を受けし小さき者」

宙に掲げた魔法陣から黄金色の光があふれ出し、幻の金羊の皮から作ったという貴重な羊皮紙が燃え上がった。

その炎が夜空に高く立ちのぼり、揺らめく緋《ひ》色の柱となる。

「風雨の試練の果て、慈母なる大地より出ずる土塊に魂魄《こんぱく》宿り……」

激しい炎が渦を巻いて旋風に変化し、やがて夜空に雲を呼ぶ。

雲から水滴が落ち始め、丘と溶岩流の中間地点で豪雨となり森を濡らす。

「古の縛《いまし》めを解き放つ軍兵とならんことを！」

足もとからかすかに音がした。その音が徐々に大きくなって、恐ろしいほどの轟音となる。

大地が揺れ、局所的な大雨に濡れていた森が身震いするように動き始めた。

それは水魔法ではない。土魔法だ。

あの日、特級魔術師叙任式で見た土魔法。

王都の城壁の外側にある街道を整備するため、アルベルトは荒れ地の岩を動かして地面をならし、平坦《へいたん》な道を切り開いた。今も同じように土や岩を操り、大胆に地形を変えていく。

しかし、そのときより何倍も規模が大きい。

森林の一部が盛り上がり、耐え切れなくなった木々が抜け落ちる。高く積み上がった土は固く締まり、巨大な一枚岩のようになった。

「……くっ」

アルベルトの口から苦悶の息がもれた。ずいぶんと魔力を消費しているようだ。

それもそのはずで、アルベルトは溶岩流と町の間に堅牢な堤防を作って溶岩の流れを変えようとしているのだ。

じりじりと迫ってきた溶岩流が土魔法で造った堤に衝突し、派手に火花が散る。

「火の女神の怒りだ……」

だれかがつぶやく声が聞こえた。

ソニアとアルベルトよりも一段低いところで詠唱していた魔術師たちが、ひとり、またひとりと倒れていく。

「ソニア、魔力をもらいます」

髪の先から汗をしたたらせたアルベルトがソニアを見下ろした。

ソニアがうなずくと、アルベルトに握られた手が発火したように熱くなる。莫大《ばくだい》な量の魔力がアルベルトに向かって流れていくのを感じた。

「ん……っ！」

「大丈夫ですか？」

「はい」

一瞬貧血のようなめまいがした。

ふらついたところをアルベルトに抱きとめられる。

「平気ですから、いくらでも持っていってください。わたしの魔力はあなたのためのものです」

「ソニア」

少し顔色はよくなったように見えるが、アルベルトの額の汗は引かない。

強く、押しつぶされそうなほど激しく抱きしめられる。彼に支えられているはずなのに、まるですがられているようだ。

アルベルトは目を閉じて、さらに魔法の威力を高めるために集中し始めた。

「うっ……」

やがてアルベルトの腕がゆるんだ。ハッとしたソニアが姿勢を保とうと彼の脇に腕を差し込む。

だが、男の重さを受け止め切れない。ソニアはアルベルトとともにひざをついた。

ちょうどそのとき、ひときわ大きな火花が散った。

分厚い堤防が大きく弧を描いて立ち上がり、溶岩流の流れが変わる。不気味に輝く赤銅色の川が本来の方角からずれ、どろどろと流れていく。

なんとか魔力量は間に合ったらしい。

溶岩流の行方を見届けてアルベルトに目を移すと、彼は蒼白になっていた。

「アルベルトさま⁉」

「そろそろ限界のようですね」

これまで見たことのないアルベルトの苦しそうな顔に、ソニアは恐怖を覚えた。

アルベルトがこのままこの世から旅立ってしまいそうな気がして必死に叫ぶ。

「アルベルトさま、しっかりしてください。もっと……もっとわたしから魔力を奪って。全部あなたのものにして！」

「……ソニア」

「わたしの命だって差し上げますから」

涙があふれた。今までつらい経験もたくさんしたけれど、こんなに涙が止まらなかったことはない。

アルベルトがふっと笑い、かすれた声でささやいた。

「そういう熱烈な言葉はふたりきりのときに聞きたいですね」

「死なないで、アルベルトさま」

「勝手に殺さないでください。さあ、魔力を補給して」

そう言った直後にひざ立ちをしている力もなくなったようで、ガクンと地面に倒れる。

アルベルトはうろたえるソニアをうながして座らせ、彼女のひざに頭を乗せた。

ソニアは彼の手をしっかりと握った。

「どうぞ受け取ってください」

ソニアの腕の中で、アルベルトが細く長い息を吐き出した。そしてゆっくりと目を閉じる。

「アルベルトさま⁉」

　アルベルトの命の火が消えてしまう。

　ソニアはどうしたらいいのかわからず、泣きながらひたすら魔力を送った。

　そのとき突然、背後で大歓声が上がった。

「やったぞ！　成功だ！」

「彼女のおかげだ‼　みんな、ソニア嬢に感謝を！」

「アルベルトさま、ソニア嬢、万歳‼」

「万歳‼」

　まだ意識のある魔術師たちが口々に大声を張り上げる。

「……え？」

　魔術師団の興奮した様子から計画の成功を知った騎士たちも、鬨《とき》の声を上げた。

　夜更けの森に歓喜の叫びが響きわたった。

「え？　……え？」

「ソニア……」

　かすれ声がして、ひざ枕で横たわるアルベルトを見るとうっすらと目が開いている。

「アルベルトさま、大丈夫なんですか⁉」

「ちょっと疲れただけですよ。それよりも」

「はい？」

「いいですか。どんなに頼まれても、あなたの魔力をほかの魔術師にやってはだめですよ？」

「は……はい？」

「あなたの魔力は僕だけのものです」

念押しするようにつぶやくアルベルト。

ソニアはただ呆然としていた。

火の女神エルダが棲むという美しく危険な山、聖エルドゥール火山。

山麓を覆う黒い森の中で、赤く煮えたぎる溶岩の大河から火花が飛び散る。金色の炎のかけらは、次々とはじけては夏の夜空にとけていく。

それは火の女神の祝福のような光景だった。

第六章　召使い令嬢の変身

「ソニアお嬢さま、ご無沙汰しております」

馬車から降りると、見覚えのある女性が微笑みながら立っていた。

出迎えてくれたのはリンドグレーン侯爵夫人の侍女カミラ。母親ほどの年齢の落ち着いた貴婦人だ。

以前アルベルトと旅行に行ったとき面倒を見てくれた人だった。

「カミラさん、お邪魔します」

ソニアはアルベルトに手を引かれていた。

ぼろぼろのウエディングドレスを着たままなので、今もまだ特級魔術師の黒いローブを羽織っている。

「まぁお嬢さま、アルベルトさまのローブを？」

「はい、あの……」

「彼女のドレスが汚れてしまったので貸しています」

アルベルトがたいしたことではないというように、ひらひらと手を振った。

「さようでございますか」

溶岩流を阻止した翌朝、リンドグレーン侯爵家の立派な馬車がアルベルトを迎えに来た。アルベルトは恐縮するソニアを強引に同乗させた。

ソニアは家まで送ってもらえるのかと思っていたのだが、馬車は子爵邸を通りすぎ、上級貴族の邸宅が集まる一角へと進んでいく。そして到着したのがリンドグレーン侯爵邸だった。

「アルベルトさま、お嬢さまのお召し物を替えさせていただきたいのですが、大切なローブも一緒にお預かりしてよろしいでしょうか」

「あ、ごめんなさい！　すぐにお返しします」

慌ててローブを脱ごうとしたソニアをアルベルトが止める。そして、彼はソニアが外しかけたボタンを丁寧にかけ直した。

「屋敷の中にも男はいますから。身なりを整えるまで着ていなさい」

「は、はい」

ソニアが慌てている間に準備ができたようで、カミラに連れられて客室で着替えることになった。

客室には専用の浴室があり、カミラと数人の侍女に体中を磨き上げられる。ソニアは侍女たちのなすがままに洗われて、最後にはよい香りの油を全身に塗られた。

汚れたウエディングドレスはどこかに持っていかれてしまう。

（着るものがないわ。どうしよう）

そんなソニアの前に数着のドレスが持ち込まれた。カミラがそれをソニアに当てて、サイズを確認し始める。

どれも肌ざわりがよく、ソニアがさわったこともない極上の生地で作られていた。

「わたし、こんな上等なドレスをお借りするわけには……」

「どれも奥さまが若いころお使いになられていたドレスですのよ」

「ええっ、侯爵夫人のドレス⁉」

「あらあら、遠慮なさらなくても大丈夫ですわ。アルベルトさまの大切な方ですもの。むしろ急なことで新しいドレスをご用意できず申し訳ございません」

「た……大切な⁉」

カミラが優しい目で微笑んだ。

「特級魔術師のローブはアルベルトさまの誇りそのものです。そのローブをお貸しになるほどですもの。大切な方でなければ、そんなことはなさらないでしょう？」

「いいえ、それは誤解です！」

そんなふうに思われたら、アルベルトに迷惑をかけてしまう。必死に否定するけれど、カミラもほかの侍女も取り合ってくれない。

くすくすとからかうように笑われて、ソニアは頬を赤く染めた。いやみや皮肉ではなさそうなのが唯一の救いだ。

微笑ましそうにソニアを見つめる侍女たちによってドレスが決められ、ひととおりの支度がすんだ。古いドレスだというが状態は新品のようで、ソニアはこんなに美しいドレスを着るのは初めてだった。

「では、こちらへどうぞ」

豪華ながら品のいい館を案内されて、到着したのは食堂だ。広々とした空間だが、季節の花やかわいらしい小物が飾られていて居心地がいい。

それでも、ソニアには子爵邸の客間よりもずっと華やかな場所。使用人として下働きをするならともかく、招待を受けた令嬢のように扱われると気おくれしてしまう。

ここまで付き添ってくれたカミラが小さな声でささやいた。

「ご家族用の食堂ですので、緊張なさらなくても大丈夫ですよ」

そのとき背後から名前を呼ばれた。

「ソニア」

振り向くと、そこにはさっぱりとした清潔な服に着替えたアルベルトがいた。

カミラが前に出て、手に掲げていた細長い木箱をアルベルトに見せる。

「特級魔術師のローブはこちらに」

「ああ、では、執事に渡しておきなさい。だいぶ埃にまみれましたから、手入れをしっかりするように」

壁際に控えていた執事が箱を恭しく受け取り、カミラとともに食堂の外に下がる。

アルベルトはすぐソニアに目を戻した。

「なかなか似合っていますよ」

アルベルトにほめられるとは思っておらず、ソニアは返答に困ってしまった。

そこに割り込んだのは明るい女性の声だった。

「まぁ、とってもかわいらしいわね。でもアルベルト、あなたは失格！　そんな中途半端なほめ言葉では女性の心をつかめませんよ」

「は？」

珍しくアルベルトがぽかんとしている。

そんな彼の横からこちらをのぞき込んでいるのは優雅な貴婦人だった。

淑女にしては砕けた口調で話しているけれど、笑顔から漂う気品は隠せない。

（アルベルトさまを呼び捨てに……この方はもしや）

よく見れば顔の作りがアルベルトによく似ている。

彼女はソニアのまわりをくるりと回って、全身を眺め回した。

「あらぁ、淡い空色がよく似合うこと。わたくしのお下がりでごめんなさいね。今度、同じ色でもっと素敵なドレスを作りましょうね」

「母上」

アルベルトのたしなめるような声。

（『母上』……！）

ソニアはおののいて、思わずひざまずきそうになった。でも、ひざまずいたらドレスを汚してしまう。

（やっぱり侯爵夫人だった！　どうしたらいいの）

内心恐慌状態のソニアに気づいたのか、アルベルトがソニアの肩にそっと手を置いた。

ソニアを落ち着かせるように手を取って食事の席までエスコートする。

「まぁ、まぁ、まぁ！」

母親の叫びはとりあえず無視することにしたらしい。

「正式な紹介はあとにしましょう。ソニア、あの変わった人が僕の母アンドレア・リンドグレーンです。母上、こちらがソニア」

「失礼な子ねぇ。ソニアさん、よろしくね。わたくしもソニアとお呼びしてよろしいかしら」

「も、もちろんでございます」

緊張と恥ずかしさで耳の先まで真っ赤になったソニア。

侍女に磨き上げられた肌は若々しく輝き、白金色の髪もつやつやと輝いている。

「ね、アルベルト、わたくしの言ったとおり綺麗になったでしょう？　夜会でもなかなか見ないほどの美女に変身したわね。もとがいいのだから、きちんとお手入れすればもっと美しくなるはずよ」

「母上、のぞき見は淑女らしくないと何度言ったらわかっていただけるのですか」

「だってあなたが女性を連れてくるなんて、初めてなんだもの。早馬の使いが来てから、ずっと楽しみにしていたのですよ」

どうやら侯爵夫人はソニアたちの到着をどこかから見守っていたらしい。ソニアが装いを改めている間にアルベルトと話をしたようだ。

アルベルトは鼻でふんと笑って、興奮している母親をあしらった。

「たしかにソニアは貴族らしくなりましたね。でも、とくに着飾らなくてもソニアは悪くないと思いますが」

「ま……まあ⁉　驚いた。あなたが女性に対して『悪くない』ですって⁉」

「ああ、それでは中途半端でしたか。では、ソニアはありのままで愛らしいですよ」

「…………‼」

アンドレアが手のひらで口もとを覆った。アルベルトは心なしか、してやったりという顔をしている。

ソニアは驚きのあまり、椅子から転げ落ちそうになった。

たしかに魔力発現の授業のときに美しいと言われたことはあったけれど、あれは月明かりが悪戯した一時の気の迷いだと思っていた。

「あ、あ、アルベルトさま、ご冗談が過ぎます」

アルベルトが片眉を上げてなにか言おうとしたときに、遅めの昼食が運ばれてきた。

食事を取るために話は中断され、ほめられ慣れていないソニアはほっとした。でも、次は食事のマナーの難関がある。

緊張したソニアはほとんど食べられずにいた。

「そんなに気にしなくてもいいのですよ、ソニア。ここは身内だけですから」

侯爵夫人の優しい言葉に涙ぐんでしまう。

アンドレアはソニアにあたたかく微笑みかけた。

「細かいマナーなど、これから覚えればいいのです。あなたはまず、胸を張ることを覚えなさい」

「胸を……？」

「そうです。大切なのは誇りですよ。侯爵であろうと子爵であろうと、たとえ平民であろうと、自分に誇りを持ちなさい。落ち着いて行動すれば、おのずと美しく見えるようになりますからね」

誇りを持つ。それは幼いころから虐げられてきたソニアには難しいことに思える。

でも、昨夜丘の上で、アルベルトの魔力タンクとして働きながら思ったこと。

（――アルベルトさまの隣に立って、恥ずかしくない自分でいたい）

たとえ報われなくても、彼を愛する気持ちを恥じない。ソニアが誇れるのは、きっとアルベルトへの愛を認めることができたその勇気だ。

ソニアは隣の席に座ったアルベルトをちらりと見た。深い漆黒の瞳と視線が合って、無意識にうっとりと見つめる。

い隠す。

アルベルトの顔がなぜか一気に赤くなった。ふっと目をそらし、大きな手で口もとを覆い隠す。

「まぁ、まぁ、まぁ！」

また侯爵夫人が奇声を上げた。

「素敵ねぇ。若いっていいわねぇ」

アルベルトが『まずい』という顔をした。

何事にも動じない冷静な彼にも苦手なものがあるらしい。母親の冷やかしだ。先ほどはうまくいなしたように見えたのに、今度は引っかかってしまった。

侯爵夫人アンドレアは「ふふふ」と笑うと、ソニアに話しかけた。

「ソニア、この子が迷惑をかけてはいないかしら。頭はいいし魔力もあるのだけれど、気遣いはできないし空気は読めないし、朴念仁でしょう？」

「え、いいえ、そんな。迷惑なんて一度も」

ソニアがぶんぶんと首を振って否定すると、アルベルトがごほんと咳払いをした。

「まずは食事を終わらせましょう」

「ああ、そうね。でも、あなたたちは昼食のあと『話し合い』があるでしょう？」

「母上？」

「わたくしは後日ゆっくり事情を聞きますからね。アルベルト、しっかりなさい。あなたの厄介な内面を大切にしてくれる貴重なお嬢さんを決して逃さないように」

名門侯爵家の正夫人らしからぬニヤニヤした笑みを浮かべて、アンドレアは息子に目くばせする。

アルベルトは深くため息をつき、ソニアは言葉の意味がわからずあいまいに微笑んだ。


昼食を終えてから、ソニアはアルベルトに誘われて彼の部屋に行った。アンドレアが言っていたとおりなにか話があるらしい。

応接間に紅茶を運ぶと使用人は一礼して退室した。ソニアの名誉を守るため扉は開けたままだ。

ここはソニアをちっぽけな捨て駒のように扱うノーディン子爵家とは違う。

「体調はどうですか？　昨日から休みなしできつかったでしょう」

紅茶をひと口飲んでからアルベルトが言った。

向かいのソファーに座ったソニアは紅茶の香りをかいで、ふわりと微笑む。

「お気遣いいただいてありがとうございます。アルベルトさまこそ大丈夫ですか？　昨夜はあんなに魔力を使って」

「僕はなんともありません。魔力はあなたに補給してもらいましたし、ふだんから鍛えていますから」

「そうですか。よかったです」

アルベルトと対面で話していて緊張しないわけではないのだが、侯爵夫人や侯爵家の使用人たちに見られながら食事をしている状況よりは気楽だ。

（アルベルトさまとふたりきりになってほっとするなんて、なんだかおかしいけど）

ソニアは穏やかな笑みを頰に残したまま、少し首をかしげた。

「わたしも平気ですけど……そうですね。いろいろなことがあって、まだ実感が薄いのかもしれません」

この激動の二日間を思い出す。

本当に現実とは思えない。夢の中の出来事のような気もする。

ぼんやりと思いを巡らせていると、アルベルトがいつの間にか隣へ移動していた。

「ソニア、おそらく今後あなたに魔術師団から勧誘が来るはずです」

「勧誘？　まさか。わたし、学園にも行っていませんし」

目をまたたかせてアルベルトを見上げる。

国家魔術師の試験は難関だ。そもそも試験を受けるためには、国立学園の魔術師コースを卒業していなければならない。

だから十代になると魔力の豊富な貴族の子弟は魔術師コースに入学する。

騎士や文官のコースに進む者もいるが、いずれにしてもエリート街道を進むためには国立学園の卒業が必須条件。みんな知っていることだ。

「あなたの場合、魔術師というより魔力タンクとしての能力を重視されるでしょう。特殊な事例ですが、入団を許可される可能性は高いかと」

「わたしが？」

ソニアは困惑して片頬を押さえた。

ほんの数か月前まで自分には魔力はないと思っていた。暖炉の火すらつけられなかったのだ。

「もしあなたが魔術師団に入りたいのなら考慮しますが、できれば僕は行ってほしくないと思っています」

「それはどういう……？」

「昨日僕が言ったことを覚えていますか？」

アルベルトが間合いを詰めてくる。体がふれそうなほどの距離で、そっとソニアの手を握った。

魔力は流されていないけれど、ほのかにあたたかい。その熱がゆっくりと指先から全身へと広がっていく。

ソニアはもう片方の手でときめく胸を押さえた。

「あなたの魔力は僕だけのものです」

「え？」

「昨夜、僕はそう言いました。その気持ちは変わりません。あなたの魔力を――あなた自身をほかの人間にさわらせたくない」

アルベルトの瞳は獲物を逃すまいと狙いを定めた猟犬のようで、背筋に震えが走る。

「狭量な男だと自覚しています。だが、僕はもうあなたを手放すことはできません」

「……アルベルトさま……」

ソニアの声がかすれた。

アルベルトは立ち上がり、扉のほうに歩いていく。

軽い音がして振り返ると、彼が部屋の扉を閉めていた。

「内密の話があります」

ゆったりとした足取りでソファーに戻ってきて、ソニアの横に座り直す。

漆黒の瞳がふたたびソニアを捕らえた。真剣な目をしたまま、悪戯っぽく笑うアルベルト。

「あなたのために国王陛下まで巻き込んで交渉したのですよ」

「国王陛下⁉」

大きな声で叫んでしまって、慌てて口を押さえた。

そんなソニアにアルベルトがさらに体を寄せる。もうふたりの間に距離はない。

彼はソニアの肩を抱いて耳もとでささやいた。

「ヘルマンの罪を暴く際に少し協力してもらいました。なにせ時間がなかったので」

「…………⁉」

「あなたの結婚式を潰さなければなりませんでしたから」

唇の端を上げてひややかに微笑む美貌にゾクッとする。まるで知らない男のようで少し怖い。

けれどソニアが言葉をはさむ間もなく、彼はすぐに表情を戻した。

「詳しい事情はあとで話しましょう。ただ金輪際、ノーディン子爵家もダール商会もあなたをわずらわせることはありません」

「でもわたし、家に戻らないと」

「なぜ？」

「子爵家がどうなるのかわかりませんけど、わたしが寝起きできる場所はあそこしかありませんから」

小さくため息をつくソニアにアルベルトは肩をすくめて見せる。

「もう二度とノーディン子爵邸には戻らなくてもいいのです。このままここで暮らしなさい」

「え？」

「いや、しばらくはこの家で暮らすことになりますが、結婚したら新しく屋敷を建てるつもりです」

今、奇妙な言葉が聞こえた。

（……結婚？　だれとだれが？　それに屋敷を建てるって……？）

首をひねるソニアの肩をアルベルトが引き寄せる。

男の硬い指先が首筋をなでた。

「ソニア、返事は？」

「あの、わたしの結婚は中止になったのではないのですか？」

「もちろんです。あんな男はあなたにふさわしくない」

「じゃあ、結婚って？」

アルベルトが深い笑みを浮かべた。

美しい顔が近づいてきて、耳の中に直接声を吹き込まれる。

「僕とソニア」

「……んっ」

「僕たちの結婚です」

「は……？」

肩に回していた腕を下ろしソニアの腰をつかむ。そして軽々と持ち上げてひざに乗せると、彼女の額に自分の額をくっつけた。

「僕と結婚するのはいやですか？　まあ、拒否しても逃しませんけどね」

「ええっ⁉」

「僕があなたを大切に想っていると言っても信じられませんか？」

「……ごめんなさい」

「以前も話しましたね？　あなたは美しい。しかし、それは見た目の美しさだけではないのです。いや、こんなことを言ったら、また母上にどやされるか」

彼は少し笑うと、また真面目な顔になった。

ソニアの髪をひと房手に取り、そっと口づける。

「あなたの姿かたちも好ましいと思っています。月光のように輝く白金色の髪も、優しいエメラルドの瞳も。だが、それ以上にあなたの心が愛おしい」

「嘘……」

「あなたは大変な環境で生まれ育ってきた。理不尽に虐げられ、だれにも守ってもらえず、たったひとりで」

「…………」

「それなのに、あなたにはどんなに踏みつけられても折れない心があった。決して当たり前のことではありません」

アルベルトのひざの上で、彼の黒い瞳をのぞき込む。その目は真摯であたたかく、嘘をついているようには見えない。

白金の髪を指先でもてあそんでいたアルベルトは、ソニアの額にそっと口づけた。

「あなたがだれを想っていようと関係ない。僕はあなたを妻にします。あなたのすべては僕のものです」

「アルベルトさま？」

まっすぐな瞳にソニアは息を呑んだ。

（アルベルトさまがわたしを望んでくださるの？）

偽りではない気がした。いや、たとえその言葉が嘘でもかまわない。裏切られたとしても後悔はしない。

ソニアは愛する人を信じたいと思った。

「アルベルトさま、たとえ勧誘があったとしても、わたしは魔術師にはなりません。わたしはただ、愛する人のために生きたいのです」

「ソニア」

「わたしが愛しているのは――」

ソニアが意を決して想いを伝えようとしたとき、アルベルトが苛立ったように眉根を寄せた。

「それ以上は聞きたくありません」

「え？」

次の瞬間、強く抱きしめられた。痛いほど強く。

アルベルトの指先がソニアのあごをつかみ、唇が押しつけられる。

「んっ」

鍛えられた体は硬いのに唇はひどく柔らかい。熱い舌が強引に唇を押し開き、ソニアの口の中に入ってくる。

これまでも何度か唇を合わせてはいるけれど、それは魔力の発現をうながすための授業

だった。

今日は違う。ソニアの内側に流れ込むアルベルトの魔力は感じない。ただ獣のように互いの唾液をむさぼり合っているだけ。

「あぁ……」

ソニアは夢中で彼にしがみついた。

アルベルトは崩れ落ちそうなソニアの背中を抱いて、限界まで深く舌を挿し込もうとする。

口づけ以外はしていないのに、下半身がずくんとしびれた。足の間がうずき、秘所がとろりと蜜をこぼし始める。

（わたし、口づけをしている）

口づけは愛し合う者同士がするものだ。ずっとそう信じてきた。でも、今ふたりの間にあるこの衝動はなんなのだろう。

なにかに追い立てられているようなアルベルトの強引な口づけ。

ソニアも必死に応えた。たぶん、アルベルトは勘違いをしている。その誤解が残ったままであることに不安を覚えながら。

激しく唇をむさぼられながらソファーに押し倒される。一切の身動きを封じるように、アルベルトは男の力でソニアを組み敷いた。

「あなたを絶対に逃がしません」

アルベルトの声からは焦りがにじみ出ている。

清楚《せいそ》な空色のドレスに不自然なしわが寄る。ドレスの上から胸をまさぐられて、ソニアは声を上げた。

「あぁっ、アルベルトさま、そんなに強くしないで」

「あなたがだれを愛していてもかまいません。僕だけのものにするのだから」

「違います、アルベルトさま」

「違いません」

侯爵夫人とソニアでは体形が違うので、余った布はとりあえず仮止めされている。その仕付け糸が外れてゆるくなった胸もとにアルベルトが手を入れた。

まだ成人していない少女のようにささやかな胸だ。

それでも女の胸は、柔らかくアルベルトの指を受けとめる。アルベルトは胸の中心でツンと尖った先端をつまんで、乱暴にこね回した。

「お願い、だめ、いやぁ！」

「そんなにいやですか」

氷のように冷たい声。

ソニアがぎゅっとつぶっていたまぶたを開けると、アルベルトの表情は酷薄に見えるほど硬い。

「アルベルトさま……」

やはりこれではいけないとソニアは思った。

ふだんからアルベルトの整った容貌は冷たく見えるけれど、これは違う。

(泣いているみたい)

冷然とソニアを見下ろすその瞳の奥に、傷ついた少年が見えた気がした。

だれかを信じたいけれど、信じられない。なにかを期待して裏切られたくない。

ソニアもそうだった。厳しい暮らしの中で、夢や希望は心の奥に押し隠していた。アルベルトへの恋心も気が付かないふりをしていた。

だから、わかる。強くて優秀で、怖いものなどないように見えるけれど、アルベルトもきっと同じ。心のどこかに傷つきやすい部分を隠し持っている。

「アルベルトさま、お願いです。少しだけ聞いてください」

ソニアはできるだけ柔らかく話しかけた。静かな笑みを浮かべて、ゆっくりと。

「わたしが、ずっと心に想っているのは――」

「いやだ。聞きたくありません」

アルベルトは耳をふさいだ。駄々をこねる子供のように「いやだ」と繰り返す。

それでも強引な愛撫を止めてくれたことにほっとして、ソニアはアルベルトの頬にそっと片手を伸ばした。

愛しさを込めて、ゆるやかに頬をなでる。

「聞いてくださらなければ、結婚しませんよ?」

微笑みながらする、優しい脅迫。それはソニアにとって初めての反抗だった。

アルベルトは驚いた顔をして、彼女をじっと見つめた。

「……ソニア？」

ソニアはこれまでアルベルトに逆らったことはない。けれど、今、自分の気持ちを伝えなければ、一生後悔すると感じた。

アルベルトは自分の意志を押しとおすだろう。このままソニアを無理やり抱いて、有無を言わさず結婚して、すれ違ったまま暮らしていくことになるだろう。そして、自分のしたことで深く傷つくのだ。

ソニアはアルベルトに新たな傷を負わせたくはなかった。

「――わたしには大好きな人がいます」

アルベルトの美貌がつらそうに歪んだ。苦しげにまぶたを閉じる。

ソニアはその頬にふれたまま、言葉を続けた。

「何年も前から、その人に憧れていました。運命の偶然で実際にお目にかかることのできたその人は、いきなりわたしの胸をつかんでくるような変わった方で……夢見ていた王子さまではなかった」

「………………」

「けれど、本当はとても優しくて、頼りがいのある男性でした。わたしはいつからか、その人を男性として愛するようになりました」

伏せたままのアルベルトのまぶたが、ピクリと反応した。

「この想いが叶《かな》うことなんて絶対にないと思ってた。でも、その人が不可能を可能にしてくださいました」

アルベルトの冷たい頬を両手で包み込む。ソニアの感謝と愛情が手のひらから伝わるように祈りを込めて。

「アルベルトさま。その人は王都の古書店で、わたしに字引を贈ってくれた方です」

ソニアの上に覆いかぶさったまま身体を強ばらせていたアルベルトが、ゆっくりと目を開けた。

彼女の言葉をようやく理解したようで、驚きの表情を浮かべる。

「……本当に?」

「はい。わたしがこれまでに恋をしたのは、その人だけです」

アルベルトが息を呑んだ。

漆黒の瞳に見つめられ、ソニアは泣きそうになりながら小さく笑う。

アルベルトはハッとして、ソファーに押しつけていたソニアの体を抱き起こした。

「すみませんでした。僕は、あなたにひどいことを」

「いいえ。ひどいことなんて一度もされていません」

「ソニア……」

ソファーに座り直したふたりの間には、ほんの少しの空間が空いていた。

(……離れているのは、やっぱりさみしい)
空気や水のように、彼の体温はいつの間にか生きるために必要なものになっていた。
アルベルトが震える手でソニアにふれようとして、迷ったあげく腕を下ろす。それから
ひとつため息をつくとまた腕を上げ、そうっとソニアの髪を手に取る。
長い指ですくと、明るい白金色の髪がさらさらとこぼれた。
「僕はあなたにふれてもいいのでしょうか」
男は小さくかすれた声でつぶやく。彼のここまで弱気な声は初めて聞いた。
ソニアの指先が細かく震えながら、骨ばった男の指を追いかけてつかむ。
今が人生の岐路だとわかっていた。この先のソニアの、そしてアルベルトの未来さえも
左右する重要な選択。
(ここで一歩踏み出さなかったら、勇気を出して自分の気持ちを認めた意味がなくなって
しまう。わたしは、アルベルトさまを好きだというこの気持ちを失いたくない)
ソニアが決意のまなざしでアルベルトを見上げたのと同時に、彼もうつむけた視線を上
げてソニアを見た。
彼の目もまた強い光を取り戻していた。
「ソニア、僕があなたにふさわしい男なのか、まだ迷いはあります。でも、誓います。僕
は生涯をかけて、あなたを大切にします」
ソニアの目から、はらりとひと粒涙がこぼれた。

言いたかったことを先に言われてしまったけれど、自分もこの想いを言葉にして伝えたい。

「わたしのほうこそアルベルトさまにつり合わないと思います。それでも……どうかおそばにいさせてください」

アルベルトの指先がソニアの涙をぬぐう。

心の底から喜びが湧き出して、ソニアは自分が泣きながら笑っていることを知った。

みっともなくて恥ずかしかったけれど、泣き笑いの顔を隠さずアルベルトをまっすぐに見つめる。

「アルベルトさまを愛しています」

アルベルトも笑った。なにも含むところのない、素のままの笑顔。彼はまるで純粋な少年のように見えた。

その瞳が甘くとろけて、熱を帯びた低い声がささやく。

「ソニア、僕と結婚してください」

アルベルトが懇願する。

ソニアが覚えているかぎり、これまで彼がなにかを人に求めたことはない。命じることはあっても、ものを頼むことはなかった。

「あなたが僕だけのものだと実感させてほしい」

そんな誇り高いアルベルトが愛を乞うてくれている。

ソニアは胸がいっぱいになってうなずいた。

「……はい」

神聖な誓いのように、そうっと口づけられる。あたたかい唇が羽のように軽くふれる。

次の瞬間、ソニアはきつく抱きしめられた。

「ソニア。ソニア。ソニア……！」

秘めた心がソニアの名となってあふれ、口づけが激しくなる。

口の中に男の熱い舌が入り込み、くちゅくちゅと音を立てながら上あごも下あごも舐めつくす。

惑う舌を絡めとられて、このまま食べられてしまいそうな気分になった。

「んっ、あぁ」

ソニアの吐息がこぼれ、アルベルトはそれすら逃すまいと、さらに口づけを深めた。

しばらくして情熱的な口づけの拘束を解かれ、ソニアがアルベルトを見ると、彼の胸が大きく上下していた。

「はあっ、はあっ……」

ソニアを見据えるアルベルトの目は甘やかで優しく、燃えるように熱い。

「ソニア、寝室へ行っても？」

「……はい」

「これは授業ではありません。僕は本気です」

「はい」

彼は腕を突っ張って、少しソニアと体を離した。だが、その両手はソニアを決して離すまいとしているかのように二の腕をつかんだままだ。

「本当によいのですか？　女性の初めては大切なものでしょう」

「わたしはあなた以外、知りたくないです」

「それに、僕は女性経験がありません。優しくできないかもしれない」

苦しそうに眉をひそめるアルベルト。

ふとソニアは思った。

（アルベルトさまはたしか女性がお嫌いだったはず）

結婚を申し込んでくれたほどだ。ソニアを大切に想ってくれる気持ちは嘘ではないだろう。

けれど、それと肉体的な嫌悪感は別かもしれない。ソニアは女性らしい体型ではないが、それでも男性とは特徴が違うはず。

「アルベルトさまこそ、大丈夫ですか？」

「なにがですか？」

「あなたが女性を敬遠していること、わかっています。わたしはこれ以上、なにもしなくても十分幸せです。子供を授からなくてもかまいません。だから、無理しないで」

ソニアの言葉の途中から呆気にとられていたアルベルトが、くすと笑った。

「本当にあなたはなにも知らないのですね。ここまで来たら、男は止まれませんよ」

「止まれない？」

「たしかに僕は女が嫌いです。澄ました顔の下でなにを考えているのかと想像するだけで反吐が出る」

　社交界であれだけ噂になるのだ。たぶん女性絡みでつらい目に遭ったことがあるのだろう。

　アルベルトは話の間もずっとソニアの両腕をつかんでいる。ソニアは最強の魔術師の中に隠れた繊細な少年にすがられているような気がした。

「アルベルトさま……」

「でも、あなただけは別なのです。愛する女性に許されたのに、引き下がれる男はいません」

「え？　愛する……？」

　アルベルトがその言葉を口にしたのは、初めてだった。

『好き』ではなく『大切』でもなく、慈しみと恋と欲とが入りまじった特別な言葉。

「愛しています」

　迷いを超えた瞳に、ソニアの心はぎゅっと締めつけられる。

「アルベルトさま、どうか教えてください――本当のあなたを」

「ソニア……」

アルベルトの部屋は二間続きで、応接間の隣が寝室になっている。ソファーから横抱きで運ばれたソニアは、寝台の横に立たされた。

「しばらくおとなしくしていなさい」

「え？　あ、ええっ⁉」

女性経験がないと言っていたのに、魔法のように手際よくドレスを脱がされ、コルセットや下着を外される。

「な、なんでこんなことできるんですか⁉」

「本で勉強しました」

半分うわの空で答えるアルベルトの手によって、ソニアはあっという間に全裸になってしまった。

「きゃっ、見ないで！」

われに返って慌てて白いシーツの上に逃げ、薄い毛布をかぶる。

アルベルトもソニアを追いかけて寝台に乗り上げてきた。

「隠してはいけません、ソニア」

「そんなことを言われても！」

「僕にだけはすべてを見せなさい。ただ、ほかの男には絶対見せてはいけませんよ？　そんな男が現れたら、殺してしまう自信があります」

一瞬昏《くら》く翳《かげ》った瞳は、すぐに強い輝きを取り戻してソニアを見据える。

そんな独占欲をにじませた目をされたら、彼の望みを叶えたくなってしまう。たまらない恥ずかしさを我慢して、ソニアはおずおずと体を隠した毛布を落とした。

寝台に座り、大きな枕に寄りかかったソニア。

夕刻が近づいているとはいえ、まだ空は明るい。カーテンも閉めておらず、なにひとつ隠すことができない。

光のもとにさらされた一糸まとわぬ姿に、アルベルトがため息をつく。

「純潔な聖女のようですね」

ふだん服に覆われている部分は雪のように白い。その真っ白な肌を飾るように、ポッンと立った薄紅色の乳首。

アルベルトは息がかかるほど近くに寄り、ソニアの胸を見つめた。

「清らかだが、いやらしい。小さな乳房なのに、乳輪がぷっくりふくらんでいるのが卑猥《ひわい》です」

「恥ずかしいです……」

「明るいところで見たのは初めてだ」

ソニアの肌がうっすらと桃色に色づく。アルベルトの息がさらに荒くなった。

「もっとあなたを見たい。隠れているところもすべて。ソニア、足を開きなさい」

「ん……っ」

アルベルトに見られている。決して人に見せるような場所ではないところにまで興味を持たれている。

その熱い視線だけで、ソニアの下腹部はうずいた。

しばらくためらっていたソニアは、それでも自分から足を開いた。立てたひざを開き切ったところには、ソニアの足の間はしっとりと濡れていた。

（こんなところを見られて喜びを覚えるなんて、どうして……？　でも、見てほしい。すべてをアルベルトさまのものにしてほしい）

ソニアは自分の体を見下ろした。

薄い腹の下にふっくらと盛り上がった丘がある。その恥丘の奥に、以前アルベルトに教わった女性器が隠れているはずだ。

無言で凝視していたアルベルトが片手を伸ばし、固く閉じたひだにふれた。親指と人差し指を使って、ソニアの秘所を覆うひだをぐっと両側に開く。

「あんっ」

そこをのぞき込んで、アルベルトがひゅっと息を呑んだ。

自分で見たことはないけれど、不浄の場所だ。たぶん醜いもののはず。

「汚い、ですよね？」

アルベルトは魅入られたように凝視している。

「汚くなんかありません。朝露に彩られた薄紅の薔薇のように光っています。そうか。もう……濡れているのか」

「そんなに近くで見ないで」

空に雲が出てきて、窓から差し込む光がやや弱くなった。寝台を覆うシーツもまぶしいばかりの純白から、薄い陰のある乳白色に変わる。

明るさの変化に慣れなかったのか、より詳細に観察しようとしたのか、アルベルトがふと目を細めた。

男の視線に耐え切れず、ソニアはそこを手のひらで隠そうとした。

「んぁっ」

ところが自分の指先が偶然芯芽をかすめ、鋭い快感が走る。

ソニアは思わず嬌声を上げてしまった。

「あんっ、あぁ……っ」

蜜液がじゅわっとあふれる。体の震えが止まらず、ソニアはのけぞって背中から寝台に倒れた。

濡れた秘裂をアルベルトに向けたまま横たわったソニア。その姿勢に羞恥を感じて秘所を押さえると、また新たな快感が突き抜ける。

そこから手を離そうと思うのに離せない。淫らな衝動が湧き上がり、さらに強く恥丘を刺激すると頭が真っ白になった。

「あぁ、なに、これ……。見ないで。見ちゃだめ、あ、あぁぁ、アルベルトさまぁ！」

ピクピクと体が小刻みに跳ねる。

ぜいぜいと喘ぐソニアに見入るアルベルトの呼吸も、同じくらい激しくなっていた。

「そこは陰核といって、女体の中で最も敏感な性感帯だそうです。今、絶頂に達したのですね」

まじまじと見ていたアルベルトが、ふと口もとを隠してそっぽを向いた。頬が赤くなっている。

「なんで、わたし」

(絶頂──アルベルトさまに見られたまま、達してしまった)

ソニアはまだふわふわとした気持ちで、ぼんやりとアルベルトを見つめていた。

アルベルトの視線の先、寝室の床には彼に脱がされたドレスがぐしゃっと丸まっている。ソニアは裸だけれど、アルベルトは着衣のままだ。

「アルベルトさま、このあとどうしたら……?」

「僕も裸になります。ちょっと待っていて」

アルベルトは素早く寝台から下りると、さっさと上半身の衣類を脱いだ。

丈の長い上着とシャツを投げ捨てると、鍛えられた肉体が現れる。服を着ているとすらりとして見えるが、胸板は厚く腹筋は綺麗に割れていた。騎士のごつごつした大柄な体つきとは違うけれど、男らしい体だ。

アルベルトがトラウザーズに手をかけたとき、ソニアは異変に気づいた。

「………?」

トラウザーズのちょうど股間にあたるところが大きくふくらんでいる。ふだんはそんなふうになっていなかったような……。

「アルベルトさま、大丈夫ですか？　そこ、腫れているみたい」

「ああ。以前、授業で話しましたね？　これは平常時から変化した男性器です」

「………」

「この状態をなんというか覚えていますか？」

「勃起……ですか？」

「正解です」

さっき『これは授業ではありません』と宣言していたのに、まるで授業のような淡々とした口調でアルベルトが答える。

そして躊躇なくトラウザーズと下着を下ろすと、肌よりもかなり濃い色の肉の棒が現れた。

「えっ⁉」

冷たく端正な印象のアルベルト自身とはまったく違う。猛々しくそそり立つものは動物の心臓のようにびくびくと脈打っていた。

これが男性器――勃起した陰茎なのだ。

快感に震えるソニアの秘所のように、アルベルトの先端は濡れていた。丸みを帯びた亀頭が透明な淫液によって微妙に光る。怒張した陰茎だけが、アルベルトとは別の生き物のようだった。

「性交する際に、勃起したこれをどうするかわかりますか？」

「はい……。勃起した男性器を女性器の中に挿《い》れ、子種を植えつけます」

「そう、その行為を射精といいます。射精したからといって必ず子ができるわけではありませんが、僕はあなたの膣の中に射精するつもりです。いいですね？」

裸になったアルベルトが、寝台の上のソニアに覆いかぶさってくる。

まるで古代の彫像のように美しい体にうっとりしていると、ふれた部分からソニアよりも熱い体温が伝わってきて驚いた。

（これが命の熱さ）

記憶にあるかぎり人と裸でふれ合ったことはない。

自分とは違う体温、肌と肌がふれ合う感覚。すべてが鮮烈で、ソニアの内側から得体の知れない感情が湧き上がった。

「好き……」

「ソニア!? もう我慢できない。早く結婚しましょう」

「はい」

愛する人に愛される喜びと、その人が今まで以上に素敵に思えてくる恋のときめきと、初めての世界に足を踏み入れる恐れのようなもの。

それはアルベルトも同じだったようで、ソニアの頬をなでる彼の手がほんの少し震えていた。

「やはり優しくできそうにありません」

口づけが降ってくる。アルベルトの舌がソニアの口の中を蹂躙《じゅうりん》する。

それと同時に、アルベルトの右手がソニアの胸を覆った。小さな乳房をぎゅっとつかんでもみしだく。

「あっ、痛い」

「すまない」

強すぎる愛撫にソニアが小さく叫ぶと一瞬動きが止まる。けれど、アルベルトはすぐにまた夢中になって乳房や乳首をいじり始めた。

理性が飛んでいるのかもしれない。ソニアの中で恐れの感情が大きくなった。

「アルベルトさま？　もう少しゆっくり……お願い」

「ソニア……すまない」

謝罪を繰り返すけれど、その言葉に体がついていかないようだった。

謝らなければいけないことをしているとわかってはいても、止まらない。止まれない。

そんなむき出しの欲望を感じるのは初めてだ。

「ソニア……っ！」

ついにアルベルトが硬く強ばった陰茎をソニアの蜜口に押し当てた。

「んっ！」

痛い、と叫びそうになって必死に我慢する。ふだんは冷静な魔術師が自分だけに見せてくれる顔が愛しかったからだ。

固く閉じた蕾を押し開けて入ってこようとする欲望の塊。

慣らしもしていない処女の膣は狭く、太い男根を受け入れるのは到底無理だ。それでもソニアはアルベルトを抱きしめた。

「アルベルトさま、愛しています」

ぬめる亀頭がほんの少しだけソニアのぬかるみに侵入する。

「あぁあっ、や、あぁ！」

膣口をこじ開けようと、男がグリグリと腰を動かしたそのとき——。

「…………ッ！」

アルベルトが低い声でうめいた。

ソニアの股間がなにか熱いもので濡れる。太ももがヌルヌルする。

かぎ慣れない刺激臭がした。

「はぁっ、はぁっ」

アルベルトが荒く呼吸をしながら大きく腰を前後したとき、まだ硬さを保った陰茎がソニアの秘所を強くこすった。

「や、あ……あぁ、あっ」

精液をしぼり出すように、ソニアの股間に押しつけた腰を振るアルベルト。

その欲望がソニアの秘豆をかすめていって、ソニアはこらえ切れず嬌声を上げる。

「あぁ、だめ、また達しちゃう。あぁ、あぁん、あぁぁぁ……っ！」

「ソニ……ア……」

ふたたび快楽の頂点を極めたソニアの上に、アルベルトが倒れ込んだ。

「すみませんでした。頭が焼き切れそうに熱くなって、暴走してしまった……」

ようやく呼吸が落ち着いてきたころに、アルベルトがソニアに謝ってきた。

ソニアの上に乗ったままだけれど、寝台にひじをついて体重をかけないようにしてくれる。

「ちょっとだけ怖かったです」

「本当に悪かったと思っています」

たしかに脱力した男は重かった。でも、その重みが愛しかったので、軽くなったことが少しさみしい。

アルベルトの表情はごく普通に戻っていたけれど、さまざまな彼の顔を見てきた今となるとしょんぼりしているようにも感じる。

「アルベルトさま、その」

「………」

たぶん彼の男性器は、ソニアの中に入っていなかったのではないだろうか。

うっすら疑問に思ったけれど、もしかしたらこれが性交なのかもしれない。男女の関係はまったく未経験で、ほとんど知識のないソニアには正解がわからない。

アルベルトは「ふーっ」と長くため息をつくと、ソニアの首筋に顔をうずめた。

「僕の陰茎は、まだあなたの中に入っていません。その前に暴発してしまいました」

「そう、なのですか」

（やっぱり違ってた。まだだったんだわ）

彼を傷つけてしまったとソニアは焦った。

「で、でも、わたしはアルベルトさまとこうして一緒に過ごせてうれしかったです。また機会はあるでしょうし。……ありますよね？」

ふと不安になったソニアの頰に、アルベルトが軽く口づける。

「なにを言っているのです？　これからずっと一緒ですよ。あなたはこの家で暮らすのだし、できるだけ早く正式に結婚できるよう手を尽くします」

「はい……。ありがとうございます」

アルベルトの唇がソニアの顔じゅうに口づけの雨を降らせる。

唇はもちろん、額やまぶた、鼻の先や両頰。アルベルトの整った容貌は冷静そうに見えるけれど、その行動はこれまでのことを思うと信じられないくらい甘い。

「ふふ、くすぐったいです」

ソニアが肩をすくめて笑うと、アルベルトはじゃれるようにソニアの首を舐め、耳たぶを甘嚙みする。

もう二回も絶頂に達したのに、ソニアの下腹部がまたうずいた。

「んっ」

「それに今日はこれで終わりだなんて、だれが決めたのですか」

「え？」

「あなたは忘れていませんか？」

端整な顔の輪郭がにじむほど間近で、アルベルトがささやいた。

「魔力の多さと性欲は比例することが多い。魔術師は絶倫だと、世間では言われているようですよ？」

「ええ!?　知りませんでした」

「それに」

耳の中に吐息が吹き込まれる。

「僕と同じくらい魔力量の多いあなたにも、その素質はあるはずです」

「んっ、あぁんっ」

アルベルトの指先がそっとソニアの乳首をつまんだ。今度は力の加減ができているようで、ゆっくりと軽く乳首をこねる。

「あ……っ、あ、あぁぁぁん」

ソニアはたまらなくなって高い声を上げた。

大きな手のひらがささやかな乳房を覆う。優しく愛撫されると、安心感と悦びが同時に込み上げた。

「あんっ、あっ、ふああっ……！」

さっきは胸をもまれて痛かったのに、今はひたすら気持ちいい。

次第に優しいだけのなで方が物足りなくなってくる。ソニアはその自分の欲に気づいて、思わずうろたえた。

「わたし……んっ、わたし……！」

「ソニア、どうしました？　言いたいことがあるなら、はっきり言いなさい」

のぞき込んでくる瞳は、命令口調とは裏腹にとろけそうなほど甘い。

ソニアはほっと安堵《あんど》して、己の内側にひっそりと生まれた欲望を告白してみた。

「アルベルトさま、あの、わたし……もっとさわってほしくて……」

「もっと？」

アルベルトが体を起こして、両方の胸にさわり始める。

でも、その感触はやはり羽のように軽くて、もどかしさばかりが体の内側にたまっていった。

「違うの。もっと……もっと、強くして……！」

長い指が、すでに尖り切っていた乳首をピンとはじく。

「っ……はぁっ……あ、ん……！」

鋭い快感が走る。

でも、まだ足りない。よくわからないけれど、なにかが足りなかった。

そのなにかを求めてアルベルトにすがりつく。密着したソニアとアルベルトの腹の間には、大きな硬いものが挟まっていた。

「んんっ、アルベルトさま、これ……？」

「魔力が多いから仕方ないのです」

ソニアをからかうようにニヤリと笑って、それを押しつけてくるアルベルト。

「いくらでも求めていいのですよ？　すぐに復活しますから。あなたが満足するまで何度でも、ね」

「んぁ、あ、あっ」

欲しいのはそれなのだと本能でわかった。

でも、このままではさっきと同じことになってしまう。ソニアの膣口がもっと柔らかくほぐれないと、アルベルトを受け入れることは難しい。

「アルベルトさま、わたし、自分の……その、そこをほぐしてみますから、少し待ってください」

「ん？」

アルベルトと自分の体の隙間に手を差し込んだ。自分の性器にふれようとしたときに、彼はようやくその意図に気づいたらしい。

魔術師の顔が今まで見たことがないくらい赤くなった。

「ソニア、それは僕の役目です」

「はい？」

アルベルトは深呼吸をして息を整え、ソニアの秘所に手を伸ばした。

そこは先ほど彼が放ったもので濡れている。その白濁を塗り込むようにソニアの狭間をなで、陰核をそろそろとこすり始める。

「んっ、あぁっ、あ……あぁぁぁんっ」

乳首をさわられたときよりも、もっと激しい快楽が背筋を駆け抜けた。

また達してしまうと思ったとき、アルベルトの指が離れた。

「アルベルトさま？　ん……!?」

なにかがソニアの閉じた蕾をこじ開けて入ってくる。

アルベルト自身ではない。もっと細くて、鋭いもの。

「指……？」

骨ばった指が、ソニアの中でゆっくりと動いていた。

「痛いですか？」

「少し」

「指で膣口を慣らしていきます。もう一本、入るでしょうか」

「あっ」

一瞬引きつれるような痛みがして、圧迫感が強くなった。それでも、しばらくすると二本の指の動きになじんでくる。

アルベルトは丁寧にソニアの中をほぐしていった。

「ふっ……んぅ、あっ……」

三本の指が入るようになったころにはソニアの処女地もだいぶほぐれていた。違和感はあるけれど、ひどかった痛みは麻痺《まひ》したように薄れている。

アルベルトの眉間にはずっと、深いしわが寄っていた。呼吸もまた荒くなっている。

(アルベルトさま、苦しそう。我慢してくれているんだわ)

さっきのアルベルトのたがの外れた状態を見て、ソニアなりに男の衝動というものを理解した。

それはきっと、ソニアの内にくすぶる欲求よりももっと激しい情動なのだろう。

「もう大丈夫だと思います。アルベルトさま、来て……」

ソニアの小さな声にアルベルトが激しく反応した。

「ソニア……っ、ありがとう。本当はもう限界でした。これを挿れます」

華奢な腕をつかみ、ソニアの手を自分の股の間に導く。アルベルトはソニアに屹立した剛直をさわらせた。

「あ……。こんな大きいの、入るでしょうか？」

「うっ」

幹の表面を柔らかくなでると、アルベルトが唇を噛んだ。

「おそらく。赤子が通って生まれてくる道です。赤子よりも小さいものは入るはずだ」

「赤ちゃん？　そ、そうですね。赤ん坊よりは小さいですよね、たぶん」

屋敷の外にほとんど出なかったソニアは、乳飲み子を見たことがない。小さいころの妹は見ているはずだが、ほとんど覚えていなかった。だから、答えもあいまいになってしまう。

アルベルトが珍しく声を立てて笑った。

「ソニア、さすがに赤子よりは小さいです。……うっ、そんなに強く握らないで。また出てしまう」

「あ、ごめんなさい！」

「ふぅ……。では、行きますよ」

指が抜かれ、丸い亀頭が押し当てられる。

アルベルトがぐっと腰を突き出すと、強い痛みが走った。

「ん……っ」

「ソニア……少し我慢して……」

ゆっくりと時間をかけて入ってくるアルベルトの欲望。

いっそ一気に突き刺してほしいとも思ったけれど、このぎりぎりな狭さだと裂けてしまいそうで、ソニアはじっと息を詰めた。

アルベルトの額から水滴がしたたり落ちてくる。彼はびっしょりと汗をかいていた。

（きっと、アルベルトさまのほうがつらい）

そう思ったとき、アルベルトが大きく腰を動かしひと息に挿入した。

「やあ、あぁんっ！」

「全部……入りました」

「んっ」

率直にいえば、痛かった。

けれど、自分の蜜口にアルベルトの陰部が直接ふれている。陰茎が根もとまで入ったことによって、ふたりは体の中心でつながっていた。

「……あぁ……」

それは想像したこともないような喜びだった。

ソニアの中にアルベルトがいる。だれよりも、近くにいる。まったくの他人として生まれて、ほんの数か月前まで話したこともなかったふたりが、これ以上ないほどにひとつになっている。

「アルベルトさま……」

「ソニア、愛してる」

短い愛の言葉とともに、アルベルトが抽挿を始めた。余裕のない隘路《あいろ》をアルベルトの怒張がかきわけ、こすり、開いていく。

最初はソニアを気遣うように慎重な律動を刻んでいた腰は、やがて一心不乱に前後し始めた。

「すごい……。こんな感覚は生まれて初めてだ。自分の手とは全然違う！　締めつけられる……っ」

「あっ、あっ、あっ……！」

「ソニア……、ソニア！」

アルベルトの硬く猛った男根をくわえ込む蜜壺《みつつぼ》は、自分の体ではないようだった。初めて経験することなのに、アルベルトを狭い洞の奥へ、奥へといざなおうとする。この男が自分のものだと主張している。

「……アルベルトさまっ、大丈夫、ですか？　ちゃんと気持ちいい？」

「あなたこそ……。すみません。自分のことで手いっぱいで、加減ができない」

「いいんです。わたしは大丈夫ですから」

「くっ……、ソニアの中が……」

「変ですか……？」

「いや……、気持ちよすぎるっ。膣壁が蠢《うごめ》いて……吸い込まれそうだ。奥を突いた瞬間に締めつけられると、我慢できなくなる……」

アルベルトの苦悶にも似た愉悦の表情を見ていると、ソニアの中に痛みや違和感だけではないものが芽生えた。

愛する男の官能に同調して、悦びが体の隅々へと広がっていく。

「アルベルトさま、わたしも……なんだかおかしくなりそう……」

「ソニア？」

「んっ……あっ、あぁっ……」

「ソニア……！」

アルベルトの抽挿に合わせて膣壁が蠕動《ぜんどう》する。子宮口を突かれると、重い痛みと快感に襲われて全身が痺れる。

「あぁぁあっ、離さないで！　このまま、ずっと」

ソニアは恍惚《こうこつ》として叫んだ。

口に出しているのか心の中で叫んでいるのか、わからなくなる。ただ本能が貪欲にアルベルトを欲しがっていた。

「あぁん、いいっ。もっと、もっと強くっ……」

「ぐっ……うぅっ」

「アルベルトさまぁ！」

「こんなの、もう……無理だ。けなげで愛らしいうえに、この体……。離れられるわけがないでしょう」

「あっ、ああっ」

「ソニア……だれにも渡すものか！」

アルベルトが昂りをぎりぎりまで引き抜き、思い切り打ちつける。

ソニアの柔肉がアルベルトを引き込み、拘束し、しぼり取ろうとする。

その瞬間子宮が震えて、ソニアは絶叫した。

「あぁっ……あっ……あっ……いく、いっちゃう！　あぁぁぁぁぁんっ！」

陰茎の先端が一番奥に届いたとき、ソニアは三度目の絶頂を極めていた。

アルベルトもうめきながら最奥で精を放つ。

熱い脈動を胎内に感じ、ソニアはまた高みに上ってしまった。

「あぁ、あぁぁっ……！」

「ソニ……ア……」

アルベルトがすべてを出し切る前に、ソニアの小さな体から大量の精液があふれる。

「だ、だめ……出ちゃう。こぼれてしまいます……」

ソニアがもうろうとしながら、その白濁をこぼすまいと下腹部に力を入れると、締めつけられたアルベルトがまた力を取り戻した。

アルベルトは獣のようにうなって、激しく喘いだ。

「う、ぐうぅ……はぁっ、あぁっ、はぁっ……」

「アル……ベルトさま……あぁ……」

「……知識と実践が、こんなに違うとは思わなかった……」

アルベルトは気をやって意識を飛ばしたソニアの額に口づける。

「いや……、このすさまじい快感はきっと、あなたを愛しているからなのでしょう」

彼はソニアが目を開くまで、無垢《むく》で淫らな恋人の姿にうっとりと見入っていた。

リンドグレーン侯爵家では、その日アルベルトの部屋に近づく者はいなかった。扉の外にふたりぶんの夜食と新しいシーツが置かれているのにアルベルトが気づいたのは、もう夜が更けてからだった。

第七章　女嫌いの魔術師に溺愛されています!?

初めて体を重ねてからひと月、ソニアの環境は激変していた。

リンドグレーン侯爵邸で暮らしながら、幼いころに受けられなかった教育を受け、アルベルトの花嫁となる準備を整えていく。

「ああ、いい香りです。紅茶の淹れ方もずいぶんうまくなりましたね」

「ありがとうございます。いろいろ教えてくださるみなさんのおかげです」

急な婚約、そして異例の早さで半年後に決まった結婚式のため、毎日が忙しさとの戦いだ。

ソニアは子供時代の二年間しか教育を受けていないので、遅れを取り戻すのに必死だった。朝から晩まで予定がいっぱいだが、もともと素直で学ぶことに飢えていたソニアには詰め込み教育も楽しく感じられる。

たまにこうして、アルベルトと休息の時間を持てるのも幸せだった。

下手だった紅茶の淹れ方もだいぶ上達した。貴婦人としての礼儀作法もがんばって覚えている。

教育係はみんな厳しいけれど、理不尽なことは言わないし、もちろん叩かれたりもしない。土下座をさせられることもない。

ソニアは周囲の人間が驚くほどのペースで知識を吸収していった。

少しずつ若い娘らしい明るい表情が増え、貴族令嬢としても優雅にふるまうことができるようになってくると、はじめは戸惑っていた侯爵家の使用人たちも敬意と愛情をもって接してくれるようになった。

侯爵夫人はなぜか最初から大歓迎だったけれど。

「婚姻について正式に認可が下りました」

「まあ、国王陛下から？」

「ええ」

普通の貴族でも結婚には国の許可がいるけれど、形式的なものだ。最初アルベルトが国王に直談判すると言い出したときは、本当にびっくりした。

でも、特級魔術師の地位にある彼には、特権があるぶん制約もあるのかもしれない。

「陛下も以前から僕に結婚を勧めていたので、基本的には問題ないと思っていました。しかもソニアは下級貴族の娘とはいえ膨大な魔力を持っていると伝えると、とても喜んでいましたよ」

「まあ」

「結婚式を早めることにも賛成でした。というか、賛成していただきました」

にこりと裏のありそうな微笑みを浮かべるアルベルト。

「魔術師団の勧誘も無事断れましたし。あとは式の日を待つばかりですね」

ソニアの魔力の多さはアルベルトの妻として申しぶんがないどころか、魔術師団が戦力として欲しがるほどだった。

何度か打診されたけれど、すべてアルベルトに断ってもらった。あまりにしつこいのでアルベルトが怒って魔術師団長にかけ合った結果、条件つきで魔術師団に協力することで入団はしなくてもよくなった。

その条件とは、エルドゥール王国に非常事態が訪れたときアルベルト専任の補佐役として活動すること。

特殊な予備役のような役割だが、自分以外にはソニアの魔力を供給したくないという、アルベルトの強い希望は受け入れられた。

「父と母は……子爵夫妻はどうなりましたか？」

ソニアはヘルマンとの結婚式の日以来一度もノーディン子爵邸に帰っていないし、両親にも会っていない。

彼らがこれまでなにをしてきてどういう罰を受けることになったのか、アルベルトから説明は受けたけれど、どのように罪の償いが進んでいるのかは聞いていなかった。

「夫妻はすでに田舎に蟄居《ちっきょ》しました。貴族社会的には死亡と同様に扱われるので、今後はこちらから送金する生活費のみでつつましく暮らしていくでしょう。護衛も付けているので、なにも心配しなくてもいいですよ」

「はい、ありがとうございます」

護衛という名の監視なのだろう。子爵夫妻の罪を考えたら、極刑にならなかっただけましなのだ。

彼らはソニアの元婚約者で貸金業者のヘルマン・ダールにそそのかされて、賭け事や高額な買い物に金を使い込んでいた。

以前ノーディン子爵が爵位を上げるために根回ししていると言っていたのは、ヘルマンと組んでほかの下級貴族をだまし、上級貴族に賄賂を贈って伯爵の地位を買おうとしていたというのが真相らしい。

エステルの婿として上級貴族の次男か三男を迎えることで、血筋の魔力の嵩上げも狙っていたとのことだった。

協力していた上級貴族もひそかに罰を受けて代替わりしたが、多数の貴族家を処分することは社会への影響が大きすぎると判断され、貴族にかかわるほとんどのことは公にならなかった。

「ヘルマンさまは……」

「あの男は収監されました。事実関係がすべて明らかになったら、刑罰が科されるでしょう」

ヘルマンは違法賭博や詐欺、恐喝だけではなく、最終的には貴族の領地を担保として奪い、それを大胆にも外国に売ろうとしていた。詳しい事情はまだ不明だが、その国での貴族の立場を得ようと大望を抱いていたのだという。

もしそれが本当なら反逆罪だ。

それを聞いたとき、ソニアは恐ろしさに震えた。ヘルマンと結婚していたらソニアも巻き込まれていたはずだ。

「あなたのことは僕が絶対に守ります」

思い出して寒けを感じていると、アルベルトがそっと抱きしめてくれた。

「大丈夫です。なにも不安に思うことはありません。僕がついていています」

「はい」

アルベルトがソニアの唇をついばんだ。

ソニアもうっとりと、愛しい婚約者の整った顔を見上げる。

軽い口づけが深く舌を絡める接吻《せっぷん》に変わっていきそうになったそのとき、背後で息を呑む音がした。

「…………?」

ソニアが振り向くと、そこには金髪の娘がいた。頬を赤くして口もとを手のひらで覆っている。

「あ、エステル!?」

それは妹のエステルだった。

ソニアと同じ緑色の瞳を大きく見開いて、姉とその婚約者を交互に見据える。

「お姉さま、いくら婚約したといっても、人前でそのような行為はなさらないほうが」

「い、いつもはこんなこと……」

ソニアも真っ赤になってしまった。

アルベルトはよくソニアに口づけてくるけれど、さすがに場はわきまえているので、いつも昼間は人目を忍んでいた。

それがよりによってエステルに見られてしまうなんて……。

「アルベルトさま――お義兄《にい》さまも、わたくしが来ることはわかっていたでしょうに。まさか見せつけようと……？　そんなことをしなくても、わたくしはおふたりの結婚を祝福していますわよ」

「エステル嬢、さぁこちらへ。すぐに席を作らせます」

エステルのからかうような言葉を唇の端を上げただけで流したアルベルトが、人を呼んで客人の席を用意するように指示する。

そこでアルベルトは執事からなにかを耳打ちされて小さくうなずいた。

「ソニア、エステル嬢、急ぎの連絡が入りました。少し席を外しますが、どうぞごゆっくり」

ソニアの手の甲にちゅっと口づけて廊下に出ていく。

そのアルベルトの様子をソニアはぼんやりと見つめていた。

（アルベルトさまがエステルを呼んだのかしら。それなら、最初から言ってくれたらよかったのに）

でも、もしかしたらアルベルトはソニアを驚かせようとしたのかもしれない。ソニアがエステルに会って、無事を確かめたいと思っていたのを見抜かれていたようだ。

そんなことを考えていたソニアの袖を引いて、エステルが耳もとで悪戯っぽくささやいた。

「アルベルトさまがこんな子供っぽいところのある方だとは思わなかったわ。百年の恋も冷めましたので、お姉さまは安心してくださいね」

「エステル、あなた……」

「ふふ。わたくし、お姉さまの幸せを祈っています」

エステルには新たに婚約者が内定している。リンドグレーン侯爵家が紹介した婚約話を受け、小さな男爵家の子息と婚約したのだ。来年以降に婚姻を結び、子爵家を継ぐ予定になっている。

公式の記録には残らないとはいえ、悪い評判の立ってしまったノーディン子爵家を支えていくのは大変だろう。

「エステル、婚約者の方とはうまくやっていけそう？」

「正直パッとしない男性ですけど、穏やかで優しい方ですわ。あ、ここだけの話よ、お姉さま」

ほがらかに笑うエステルの顔に憂いはない。

エステルの婚約者は引っ込み思案な質だったが、以前から彼女に好意を寄せていたのだという。

実は自分のことを心配してくれていた妹が前向きに生きていけそうで、ソニアはほっとした。

「お姉さまも来年には侯爵夫人ね。大丈夫？」

「さあ、どうかしら」

ソニアは困ったように首をかしげた。

アルベルトは侯爵家の三男だが、爵位の継承権はない。特級魔術師として十分な地位と経済的な余裕はあるものの、結婚したら侯爵家からは離れるはずだった。

ところが、アルベルトとソニアの功績が大きすぎた。

ふたりは聖火山の噴火による溶岩流の脅威から麓の町や王都を守り、救われた町民や王都に暮らすあらゆる階級の人々の感謝を受ける立場になったのだ。

アルベルトはその殊勲により領地を賜り、リンドグレーン侯爵家とは別に一家を興すことを認められた。エルドゥール王国に、数十年ぶりに新たな侯爵家が誕生したのだった。

「ソニア、お待たせしました」

アルベルトが戻ってきて椅子にかけると、エステルが吹き出した。

「まあ、わたくしのことは見えていないようね、お義兄さま」

「ああ、すみません。ソニア、姉妹でゆっくり話せましたか？」

「はい」

困ったようにソニアが返事をすると、エステルがくすくすと笑い始めた。

「またお姉さまだけ！」

エステルの明るいふるまいに場が和んだところへ、新しい人物が現れた。しとやかで美しく、堂々としたたたずまいの淑女だ。

「あらあら、いらっしゃい、エステルさん」

エステルに声をかけたのはアルベルトの母親、リンドグレーン侯爵夫人アンドレアだった。

ソニアは立ち上がって淑女の礼をする。

エステルもすっと席を立ち、身分の高い貴婦人へのあいさつをした。

「アンドレアさま、本日はお身内のみなさまの特別なお茶会にお招きいただき、大変光栄に存じます。火の女神エルダの祝福をアンドレアさまに」

「そんなにかしこまらなくてもよくってよ。ソニアを大切にしてくださる方なら我が家は大歓迎ですわ」

にこにこと微笑んでいるけれど、かすかな威圧感が漂う。

ソニアは少し緊張してしまったけれど、エステルはむしろうれしそうに返事をした。

「姉のことをそこまで考えていただけて、本当にありがたく存じます」

「だって、かわいい息子の幸せがかかっていますからね」

おどけた様子でウインクする侯爵夫人に、エステルは不思議そうに首をかしげた。

「素朴な疑問なのですけれど、アルベルトさまほどのお方ならどんな女性でもよりどりみどりなのでは？」

「こう見えて難しい子なのですよ。問題児というかなんというか、ほほほほ」

アンドレアは口もとを華やかな扇で隠して笑ってから、ソニアとアルベルトを優しい目で見つめた。

「ともかくソニアのことは、わたくしも夫も実の娘のように思っておりますのよ。社交界でもわたくしがしっかりうしろ盾になりますからね」

「ありがとうございます」

ソニアが頬を桃色に染めて礼を述べると、アルベルトがそっと彼女の手を握った。

「まぁまぁ、もう新婚みたいに甘々だこと。結婚式が楽しみね」

アンドレアの言葉に、その場にいた者たちが微笑んだ。

開いた窓からそよ風が気持ちよく吹き込んでくる。清涼な気候とはいえエルドゥール王国も夏は暑い。その夏がそろそろ終わろうとしていた。

結婚式は来年の早春の予定だ。

ソニアは身の引きしまる思いとアルベルトの隣にいられる喜びを感じながら、婚約者の大きな手を握り返した。

＊　＊　＊

「美しい……」

それ以外の言葉が出てこなかった。

中央神殿の控室に花嫁を迎えに行ったアルベルトは、開けた扉に手をかけたまま硬直した。

「アルベルトさま！」

にこっと笑って見つめてくるソニアの、なんとかわいらしいことか。

最高級の生地で作られた純白のウエディングドレスに身を包んだ花嫁は、美の女神そのものだった。

上半身は体の線に沿ったデザインで、繊細な花模様のレースが首まで覆っている。スカート部分はふんわりとした薄手の布が何枚も重なり、春の淡雪のようだ。

エレガントで愛らしいドレスはリンドグレーン侯爵家の女性陣が総出で選んだもので、華奢なソニアによく似合っていた。

幸福そうに微笑む新婦のまわりに穏やかな日の光が集まり、彼女自身がきらきらと輝いている。

「ソニア、なんと言ったらいいのか……。とても綺麗です」

アルベルトはゆっくりとソニアのもとに歩いていった。少しでも大きな音を立てたら、女神が春霞《はるがすみ》のように消えてしまいそうな気がして。

（世界一美しい、僕の花嫁……）

この気持ちをもっと適切な言葉にして伝えたいのに、自分がこんなに不器用だったとは。あまりの表現力のなさにうんざりする。

だが、これだけは言っておかなければならない。

「愛しています、ソニア。命のかぎり、あなたを愛します」

「はい。わたしもアルベルトさまを愛しています」

エスコートのために手を取ると、清らかなエメラルド色の瞳がアルベルトを見上げてくる。

無垢な子供のような信頼感と少女のような初々しさ。瞳の奥には成熟した女性の色香がほのかに漂っている。

「……あなたをだれにも見せたくなくなってきました」

「まあ。これから結婚式ですよ？」

「今すぐどこかに連れ去りたいです」

「あの日みたいに？」

くすくすと悪戯っぽく笑うソニア。

「式が終わったら蜜月旅行《ハネムーン》ですね、アルベルトさま。一日中ふたりでいられるのが楽しみです」

ほんのりと恥じらいをにじませて遠くを見る新妻。彼女を今すぐ組み伏せたい衝動と、アルベルトは必死に戦った。

魔術師団からもぎ取った蜜月休暇は、聖エルドゥール火山の麓の保養地で過ごす予定だ。アルベルトは一か月間、ソニアを一歩も館から出すまいと決意していた。

(抱きつぶす……)

初めてソニアを抱いた日から、アルベルトは一度も彼女の中で精を放っていなかった。あの日は、もしソニアが妊娠したら最速で結婚する理由になるとまで考えていた。けれど翌朝、彼女がまだ寝ている間に母から呼び出され、こってりと怒られたのだ。

どうやら女性には、結婚式で最高に美しい姿を披露しなければならないという義務と権利があるらしい。

幸いというか、ソニアは身ごもらなかった。

それ以降ほぼ毎晩床をともにしているが、アルベルトはおとなしく避妊具をつけている。

(だが、我慢してよかった)

たおやかで可憐な花嫁姿は、ソニアの美のひとつの完成形だ。

ウエディングドレスをまとった彼女が最も麗しいというわけではない。なぜなら、彼の妻はどんな格好をしていても美しいからだ。

それでも、この姿を見ることができてよかったとアルベルトは思った。

ソニアと手を取り合って、中央神殿最大のホールに向かう。

王族や一部の有力貴族だけが使用することを許された格式の高いホールだ。王城の大広間よりも広々としている。

その荘厳な空間に、国王一家をはじめとした主要な貴族たちがほとんど集まっていた。

「では、行きますよ。ソニア、胸を張りなさい」

「はい」

門番が両開きの大きな扉を開け放つと、真ん中に見事な装飾タイルの敷かれた幅広の身廊があり、両側に人々が立っている。

「エルドゥール王国特級魔術師、リンドグレーン卿アルベルト閣下、ノーディン子爵令嬢ソニアさま、ご入場でございます」

招待客がいっせいにこちらを振り向いた。声にならないざわめきが大ホールを覆う。

(みんなソニアの晴れ姿に声も出ないか。まあ、当然だな)

列席者の中には、ソニアと同時期に社交界デビューした令嬢もそろっている。夜会でソニアのことを『幽霊令嬢』とさげすんでいた娘たちだ。

アルベルトは当時そのことを知らなかったが、ソニアと結婚すると決めてからすべて洗い出した。報復を考えているわけではないが、今後ソニアが悲しむことのないよう注意の対象として警戒している。

　ふたりが主賓用の通路をゆったりと歩いていくと、変貌したソニアを見て呆気に取られていた彼女たちがこそこそとささやき始めた。

「まさか、あれが？」

「ノーディン子爵家の『幽霊令嬢』!?」

『幽霊令嬢』とは王城に伝わる不思議な言い伝えのひとつだ。

　王子に恋した下級貴族の娘が報われぬ想いに世をはかなみ、王城のどこかの塔から身を投げたという。いつの時代かもどこの塔かもはっきりしない、眉唾物の昔話だ。

「アルベルトさまと一緒に王都を救ったというお話は本当かしら」

「彼女の膨大な魔力を手に入れようとして、侯爵家が無理やり婚約させたと聞きましたけど」

「でも、あんなお顔だった？　もっと貧相だった気が……」

「美人といってもよいくらいじゃなくて？」

　宮廷雀たちはかしましい。

　アルベルトは初めて会ったころのソニアを思い出していた。

　老婆のような白茶けた髪の痩せっぽち。社交界で嘲笑され、家では召使いのように扱われていた幽霊令嬢はもうどこにもいない。

　かけがえのない愛を知り、抑圧されていた魔力を発現させたソニアは大輪の花を咲かせた。

「……もしかしたら、おふたりは本当に思い合っているのかも……」

「政略結婚ではない……？」

けれど、ソニアの真価はその美貌ではない。

(言いたい者には言わせておけばいい。僕は、ずっと覚えている)

まだ過酷な環境で暮らしていたころのソニアも、奇跡のように美しかった。

古書店の天窓から差し込む光を浴びて、静かにたたずんでいた細い背中をアルベルトは一生忘れない。

ソニアは周囲の人々に虐げられながらも、石畳の隙間で芽吹く野の花のように力強く咲いていたのだ。

「――字引は邪魔ではないですか？」

祭壇の上でアルベルトは最愛の妻にささやいた。

柔らかく微笑んで、夫となった特級魔術師を見上げるソニア。

「大丈夫です。わたしの一番の宝物ですもの」

白いオペラグローブをしたソニアの手には、華やかなブーケとともに小さなバッグがあった。

細かなダイヤモンドが散りばめられた小型の白いバッグ。中にはアルベルトの贈った子供用の字引が入っている。

「今日は身につけていたいの」

微笑み合うふたりをリンドグレーン侯爵家の家族が見守っている。その中にはソニアの妹エステルの姿もあった。

ホールのうしろのほうには、アルベルトの悪友ラルフをはじめとした騎士団や魔術師団の面々が集っている。

つつがなく式が進み、ふたりが婚姻の誓約書に署名をすると、大きな拍手が沸き起こった。

「結婚の女神オンネリネの名のもとに、アルベルト・リンドグレーンとソニア・ノーディンの婚姻が成立したことをここに宣言する」

儀式を司る神官の重々しい声。

中央神殿の敷地は広く石壁も厚いのになぜそのタイミングがわかったのか、神殿の外からも歓声が上がる。

貴族だけではなく周囲に押しかけた民衆も、ふたりの結婚を祝っていた。

「結婚おめでとうございます！」

「特級魔術師アルベルトさま、万歳‼」

「火の山の聖女ソニアさまに祝福を‼」

市井では、ソニアが火の女神の怒りを鎮めたと噂されている。そのため『聖エルドゥール火山の聖女』『火の女神の巫女《みこ》』などと呼ばれているらしい。

近ごろは地震の頻度も減り、聖エルドゥール火山も穏やかな姿を取り戻していた。

そしてどこから伝わったのかは不明だが、翌年から庶民の間でも結婚式で小さなバッグを持つスタイルが流行するようになった。

けれど、バッグの中身が子供用の字引だったことはソニアとアルベルトしか知らない。

番外編　侯爵夫人と侍女たちの作戦会議

侍女長のカミラから一報を受けたとき、アンドレア・リンドグレーンは紅茶のカップを手にしていた。

「はい？　なんですって？」

衝撃のあまり、お気に入りの白磁のカップを取り落とす。

初夏の日差しが差し込むサンルームに、ガチャンと派手な音が響いた。高価なカップの破片が飛び散る。

「あらあら、あらぁ、わたくしとしたことが」

非の打ちどころのない淑女として社交界にその名を知られる、リンドグレーン侯爵夫人アンドレア。だが、今は優雅な貴婦人の仮面は外れ、幼い少女のように目を丸くして侍女長の顔を凝視している。

カミラはカップの残骸をチラリと見ると、誇らしそうに微笑んだ。

「アルベルトさまからご依頼を受けました。さるご令嬢と旅行に行くので、準備と付き添いを頼みたいと」

「あなたが」

「ええ、わたくしが」

「なぜアルベルトはわたくしに相談しないのかしら。実の母親なのに！」

「不肖わたくしカミラのほうが頼りになる、と思われたのでは」

　クスクスと笑うカミラは露骨に自慢げだ。

　カミラは女主人のアンドレアと同年代の落ち着いた侍女である。ふだんは礼節をわきまえた有能な侍女長だが、内輪だけの茶会のときは昔のように友人としてふるまうこともある。

　アンドレアはかつて社交界で並ぶ者がないほど美しい公爵令嬢だった。カミラは地味な外見で、特筆すべき経歴もない伯爵令嬢。まったく違うふたりだが、実は大変仲のよい乳姉妹だった。アンドレアは堅実なカミラを買っていたし、カミラは率直でユーモアのあるアンドレアを敬愛していた。

　そしてアンドレアがリンドグレーン侯爵と結婚し出産すると、ほぼ同時期に子を生んでいたカミラがアンドレアの子の乳母となったのである。もちろんアルベルトの乳母もカミラが務めた。

「たしかにアルベルトは小さな時分から、そういう傾向があったわね」

　アンドレアが軽くため息をつくと、カミラは使用人に割れたカップの片づけを指示しながら目もとを緩ませた。

「お母さまにあれこれ打ち明けるのは、男の子には照れくさいことなのでしょう」

リンドグレーン侯爵家の三男であり魔術師としての最高峰の地位にあるアルベルトも、カミラにとってはかわいい息子のようなものだ。

実の母親と乳母の気の置けないやりとりもアルベルトへの愛情ゆえのことである。侯爵家の者はそれをわかっているので、その場に居合わせたカミラ以外の侍女も末っ子の信頼を競って張り合うふたりを微笑ましく見守った。

「それで、具体的にはどこのお嬢さまなの？　名前は？　性格は？　魔力量は？　んもう、もったいぶっていないで教えなさいよ」

勢い込んで身を乗り出すアンドレア。近くに控えていた数人の侍女もカミラのほうに体をかたむける。

侯爵家の息子たちの中で唯一の独身であり、徹底的に女性を嫌っているアルベルトの恋愛事情ほど心躍る話題はない。

もちろんおもしろい話の種だというだけではなく、理不尽な目に遭ったアルベルトの幸せを願う気持ちもある。

その美貌ゆえの不幸な事件の顚末《てんまつ》は、みんな知っている。アルベルトが偏執的な女から襲われた直後に心を寄せていた姉が病死し、少年が深く傷ついた様子も見てきた。

ここにいる者たちは娘を亡くし嘆き悲しむアンドレアに寄り添い、傷心で引きこもったアルベルトを見守ってきた同志なのだ。

「奥さまに隠しごとはいたしませんので、そんなに慌てなくても大丈夫でございますよ」

カミラがゆったりとした手つきで新しい紅茶を淹れた。

「お名前はソニアさま。ノーディン子爵家のご令嬢です。アルベルトさまによると、おとなしいけれど芯の強いお嬢さまなのだとか」

「芯の強い!?　それはほめ言葉ではないの？」

「ほめ言葉ですねえ」

「まぁまぁ！　アルベルトが女性をほめるなんて天変地異の前ぶれかしら」

カミラは女主人の手からまた落ちそうになっていたカップを取り上げ、ティーテーブルに戻す。

アンドレアは自分の考えに夢中になっていた。

「そういえば、たしか旦那さまがアルベルトに命じた家庭教師先がノーディン子爵家だったわね」

「そうですわ。その生徒です」

「若い女性の家庭教師なんてアルベルトには絶対無理だと思っていたのに。あの子はその気なの？」

「さあ、そこまでは」

周囲の侍女も興味津々な態度を隠さなくなった。いつもは落ち着いている女たちの視線が、このときばかりはきらりと光ってカミラに集中する。

「ただソニアさまはご家庭に恵まれておらず、ご実家では付き添いすら用意していただけないようですのよ」

「それはあんまりだわねえ」

うんうんと侍女たちがうなずく。

みんなそれなりの家の出身なので、若い娘が遠出するのに付き添いも用意されないという状況が、つまり家からまともな扱いを受けていないことなのだと理解できる。

「それにしてもあのアルベルトが、年ごろの女性に心を許すなんて……」

深く嘆息をもらすアンドレアに同意するように、侍女たちは細く息を吐いた。

「今後二度とない椿事《ちんじ》かもしれないわ！」

アンドレアがグッと両の拳を握りしめると、侍女たちもまたきらきらと目を輝かせる。

だが、一瞬興奮しかけたアンドレアがふたたび憂いに沈む。

「でもねえ、カミラ」

「奥さま、なにか気にかかることが？」

「ええ。わたくしもアルベルトの初恋は応援したいのよ」

「初恋とまでは、まだ」

「うら若き乙女と一緒に過ごしたいと願っているのでしょう⁉　これを恋と言わずになんと言うの。だって、アルベルトよ？」

「は、はあ」

「どんな美女にもなびかない、むしろ妙齢の女性がいたら避けて通るような子よ？　……ただ、ねえ」

一見ままならぬ運命を嘆く薄幸の佳人のようにはかなげだが、現実は人の恋路に首を突っ込みたくて仕方のない野次馬である。

そして野次馬でありながら、同時に子を心配するひとりの母でもある。

「わたくしもなんとかしてあげたいけれど、子爵家となると少し難しいわよねえ。魔力量も少ないでしょうし」

アンドレアは気遣わしそうに片手で胸を押さえた。だが、彼女は突然ハッとして顔を上げた。

「でも、アルベルトが家庭教師に派遣されることになったそもそもの原因は、侯爵家のお祖父さまが、子爵家から婚約者を奪った事件だったわね。下級貴族との婚姻に前例があるのなら、なんとかなるかしら」

カミラがニヤリと唇の端を上げる。

「いえ、それが魔力量についてはそうでもないようなのです」

「…………？」

「アルベルトさまによると、ソニアさまはまだ才能が目覚めていないだけで、実は王族に匹敵するほどの魔力量をお持ちだそうです」

「…………!?」

がなくなっている。


「ふふふ」

「まぁ、まぁぁまぁぁまぁ‼」

サンルームは大騒ぎになった。同席していた侍女たちもすでに外聞を取りつくろう余裕がなくなっている。

彼女たちは華やいだ声で口々に叫んだ。

「奥さま、これは運命ですわね！」

「アルベルト坊っちゃまにも、やっと春が……」

「どんなお嬢さまなのでしょう。早くお目にかかりたいですわ」

にこにこしていた淑女たちの笑顔が、次第にニヤニヤとしたひやかしの顔に変わっていく。含み笑いが伝染していくようだ。

ひとり真面目な表情を保っていたカミラがゴホンと咳払いをした。

「奥さま、お顔が崩れていらっしゃいます」

「あら、失礼」

レースの縁飾りがついた美しい扇子を広げ、にんまりとした顔を隠すアンドレア。

「これは母として、ひと仕事しないといけませんね」

「奥さま」

カミラが厳しい声を出す。

アンドレアはビクッとしたが、カミラは優雅に腰を曲げて礼をした。

「このカミラをなんなりとお使いくださいませ。うぶなおふたりをただ見守っていたら、進むものも進みません」

「さすが、わたくしの侍女長。心強いわ」

「わたくしもアルベルトさまの乳母ですから」

サンルームでのお茶会が突如、侯爵夫人と侍女たちの作戦会議に変貌を遂げる。

出席者の間にピンと緊張の糸が張った。

「侯爵家で一番乗り心地のいい馬車、最高級の旅行用品、もっとも豪華な別荘を用意しましょう」

張り切って宣言するアンドレアに、カミラが待ったをかける。

「奥さま、それは愚策かと。小さな子爵家で冷遇されているような現状ですと、あまり押せ押せで行ってもかえって怯《おび》えさせてしまうだけのような気がいたします」

「そ、そうかしら」

「ええ。それよりもアルベルトさまを追い込んだほうがよろしいのでは」

「お、追い込む？」

カミラが真剣な目をして提案した策略は、アルベルトの気持ちをあと戻りできないほど高めてしまおうというものだった。

「初夜用の艶めいた寝衣を準備いたしましょう」

「ええっ、あの恥ずかしいネグリジェを？」

「おそらく鈍感なアルベルトさまは、ご自分の恋心にも気づいていないはずです」

「ふむふむ」

「強制的にソニアさまとほかの女性は違うのだと感じていただくのです」

アンドレアと侍女たちがごくりと固唾を呑む。

色っぽい寝衣を身にまとった——ありていに言ってしまえば、きわめて破廉恥な格好をした想い人と、同じ館でひと晩過ごす。

それは果たして恋の芽生える天国なのか、煩悩にまみれた地獄なのか。

「あの子に耐えられるかしら」

「アルベルトさまの我慢強さは、ご兄弟の中でもピカイチですから」

「そ、そうね。あなた、意外と鬼畜ね」

「ほほほ」

カミラが口もとを手で覆って笑う。

次の瞬間、彼女は騎士団長のような雄々しい態度に豹《ひょう》変し、大きな声で檄《げき》を飛ばした。

「なんとしても、この機会を逃してはなりません！」

アンドレアと侍女たちはいっせいにカミラを見上げうなずく。

「そうよね。きっとこれが、最後の恋のチャンスだわね。心してかかりましょう！」

正直アンドレアはこれまで、アルベルトが女性と結ばれることはないだろうとあきらめていた。

人間離れした美貌に生まれついたばかりにひどい目に遭い、女性全般に不信感を抱くことになってしまった末息子。そんな彼が人を愛し、結婚して家庭を作るなんて絶望的だと思っていた。

けれど、特級魔術師として国を背負う彼に、せめて人を恋う気持ちのあたたかさを知ってほしい。

母としてのささやかな願いに希望の火がともる。

もしかしたら、もしかするかもしれない。

アンドレアはサンルームから空を見上げた。青い空に聖火山の噴煙のような白い雲が長くたなびいている。

そのときは、あおられまくったアルベルトの情熱が、国を揺るがすような事件を掘り起こすことになるとは思ってもいなかったのだった。

番外編　蜜月溺愛注意報

『結婚休暇は一か月間。それ以下には絶対に減らせません』

アルベルトが王国魔術師団に長期休暇を申請したとき、同僚の魔術師たちがどよめいたらしい。もう少し早く帰ってこられないかと聞かれたが断ったと、彼はなぜか自慢顔で話していた。

ソニアは春先の牧場を眺めながら、数日前のアルベルトとの会話を思い出していた。

（ずっと一緒にいられるのはうれしいけど、本当に大丈夫だったのかしら。でも、アルベルトさまはいつもお忙しいから、今回の旅行でゆっくり休んでいただけたらいいな）

聖エルドゥール火山へと向かう馬車の窓からは、広々とした牧草地が見える。白茶けた牧草の下から、みずみずしい緑が芽吹き始めていた。

目的地は火山の麓の温泉保養地。以前も泊まったことのある貸し別荘だ。

馬車の座席の隣には、昨日結婚したばかりの夫アルベルトが座っている。

山へと近づくにしたがって標高が上がり、空気がひんやりとしてきた。ぴったりと寄り添った体から伝わってくる体温が心地いい。

温泉でゆっくりするにはいい季節だ。

「ソニア？　寒いですか？」

ソニアが身じろいだことに気づいたアルベルトが、深い想いをたたえた黒い瞳で見下ろしてきた。

「いいえ。アルベルトさまとくっついていたら気になりません」

アルベルトは不意を突かれたように目をまたたかせると晴れやかに笑った。

ソニアの肩を抱いて、美しい白金色の髪に頬を寄せる。

「僕もあなたがいれば、あたたかい」

彼は超の付く仕事人間だった。

女性が苦手で交友関係も狭く、趣味は研究。開発した魔法を実践する場だと思えば仕事も苦にならないという。

だから仕事の依頼は断らない。これまでほとんど休暇を取らなかったし、休もうとも思わなかったらしい。

そんなアルベルトがひと月丸々休みたいと言い出して、周囲は本当に驚いただろう。

「そういえば今朝も部下の方から問い合わせがありましたね。わたしのために長いお休みをいただいてしまって申し訳ないです」

「なにを言っているんですか？　この休暇は僕のためのものですよ」

アルベルトは機嫌よさそうにソニアの髪に口づける。

「僕だって少しくらい休んでもいいでしょう。しかも『火の山の聖女』との新婚旅行だ。だれにも否とは言わせません」

「そんな、聖女だなんて恐れ多いです」

「事実ですからね」

「でも……」

「みんなに敬われるのが恥ずかしいのなら、僕だけの聖女ということにしておきましょうか」

甘いささやきに頬が燃えるように熱くなった。

「それも恥ずかしいです」

仕事ひと筋だった特級魔術師は、婚約してから変わった。

以前は職場に泊まり込むこともあったと聞いていたが、ソニアが侯爵家で暮らすようになってからは就業時間が終わるとすぐに帰ってくるようになった。

仕事の件ばかりではない。

アルベルトは職務や騎士団との訓練以外はほとんど出歩かないと言っていた。けれど、最近はよくソニアを観劇や演奏会、買い物にも連れていってくれる。もちろん思い出の古書店にも。

氷の美貌と形容されていたのが信じられないほど、彼はソニアに優しい顔を向けるようになった。

　別人のように変化した特級魔術師も、結婚式の前はさすがに忙しそうだった。今回の休暇を取るために無理をしたのだろう。

「アルベルトさま、やっとゆっくりできますね」

　ソニアがいたわりを込めて微笑むと、とろけるような笑顔が返ってくる。

「そうですね。あなたも淑女教育から結婚式の準備まで大変だったでしょう」

「いいえ。お義母《かあ》さまも助けてくださいましたし、なによりアルベルトさまが一緒にいてくださったから、大変なことなどありませんでした」

「ソニアは辛抱強いから。僕の前では無理をしなくてもいいのですよ？」

　でも、辛抱しているのではなく、実際に大変ではなかったのだ。

　実家のノーディン子爵家で両親から虐げられ、使用人からも下女扱いされてきた日々に比べれば、淑女教育も結婚式の準備も祭りの日のような楽しさだった。

　つらいことなんてあったかしら、と首をかしげるソニアをアルベルトが愛おしそうに見つめた。

「本当に、あなたという人は……」

　馬車を引く馬の蹄鉄《ていてつ》が石畳の上で規則正しいリズムを刻む。数台の馬車が連なっているので、それなりににぎやかな道中だ。

　そんな喧騒を背にアルベルトが覆いかぶさってきた。

「アルベルトさま？」

美しい顔が目の前に迫り、ソニアは思わず目を閉じた。

アルベルトのつけたコロンのさわやかな香りがして、あたたかい吐息が唇をかすめる。

そして、柔らかな感触。ついばむように口づけられて、ソニアは唇を開いた。

「ん……」

アルベルトの舌が入ってくる。探るようにソニアの口内を舐めていた舌は、すぐ情熱的になった。

ソニアもうっとりとして口づけに応える。

「んんっ、は……」

「ソニア、かわいい」

長い指が薄手の外套《がいとう》をかきわけて、ソニアの胸にふれた。大きな手のひらがドレスの上から控えめな胸を包む。

「アルベルトさま、こんなところでだめ」

「少しだけだから」

ふたりきりの空間とはいえ馬車の中だ。外には護衛の騎士が並走しているし、しばらくすれば別荘に到着するだろう。アルベルトとふれ合ったあと、馬車を降りてから平然としている自信はまったくない。

けれど、アルベルトは性急に求めてきた。

「あなたにふれたくて我慢できない。ずっとこの日を待っていました」

ソニアの胸の形を確かめるようにもみしだく。

「あっ、あっ、や、あぁっ」

「やっと、抱きつぶせる……」

「えっ？」

「ああ、心の中の声がもれてしまったようです。気にしないで」

「はい……？」

聞き慣れない言葉に、ソニアは一瞬われに返った。

（抱きつぶすって、なに？）

しかしアルベルトの指先が胸の尖りのあたりを引っかくと、その疑問もあっという間に消えてしまう。

「やぁ……ん！」

大きな声を上げそうになって、とっさに手のひらで口を覆った。それでも抑え切れない喘ぎが唇からもれる。

「あっ……ん、んっ……アルベルト……さ、ま」

「ソニア……愛してる、ソニア」

「わたしも、ん、んっ……あ、あっ……」

アルベルトがソニアの外套の前ボタンを外して、首もとに吸いついた。唇が素肌を舐めながら下りていく。

「あっ、あぁっ、あぁん」

ドレスの生地の上から片方の胸の先を噛まれる。もう片方は、アルベルトの整えられた爪でコリコリとかき散らされていた。

「ん、あんっ！　……ふ、ぁ……あ」

標高の高い保養地に近づき涼しくなっているはずなのに、体は熱くてたまらない。彼の顔にもうっすらと汗が浮かんでいる。

耳もとでアルベルトがささやいた。

「残念ながら、もうすぐ別荘に着きます」

「えっ⁉」

ソニアはアルベルトの指先に翻弄され、ここが馬車の中だと忘れかけていた。アルベルトの腕から逃れ、慌てて外套のボタンをはめる。

そんな妻を彼は熱いまなざしで見つめた。

「あなたが欲しくてたまらない」

低く抑えた声に胸の鼓動が激しくなる。

恥じらいにうつむくソニアのあごを指先ですくい上げ、エメラルド色の瞳をのぞき込むとアルベルトはつぶやいた。

「早く抱きたい」

「あ……」

抱きたい、という率直な言葉にぞくぞくした。彼から毎晩のように与えられる快楽が生々しくよみがえり、下腹部がうずいて足の間がじゅんと濡れる。

（今すぐアルベルトさまで満たしてほしい）

淫らな自分が恥ずかしくてたまらない。ソニアは視線をさまよわせた。

けれど、そんなソニアの気持ちは彼に見透かされていたらしい。アルベルトはくすっと笑った。

「僕もこらえるから、あなたも我慢しなさい。いいですね？」

「……はい」

「あとで、たっぷりとそそいであげます」

ソニアはハッと気づいて真っ赤になった。

（そうだ。今夜から避妊はしないんだわ。直接アルベルトさまの……）

下着が湿っているのがわかる。もう、それほど濡れている。

それからすぐに別荘に到着し、もどかしさを抱えたままソニアは馬車を降りた。

アルベルトとつないだ手が燃えるように熱かった。

＊　＊　＊

一度引き受けた任務を失敗したことがないという特級魔術師は、私生活でも有言実行の男だった。

　ソニアは蜜月旅行の最初の一週間、一歩も館から出られなかった。

　別荘が甘い飴《あめ》細工の鳥かごのように思える。鳥かごの中に閉じ込められ、昼も夜も求められて抱きつぶされる。

　足腰が立たないソニアを見て初めて反省したアルベルトは真摯に謝ったけれど、ソニアはそもそも怒ってはいない。

「体力がなくてごめんなさい。少し休ませてくださいね」

「ソニア……。すまなかった。これからはもっと、もっと、あなたを大切にします」

　蜜月の後半は館から外に出て、ふたりで森を散歩したり、別棟にある大きな浴槽で温泉を楽しんだりもした。

　温泉に一緒に入るかどうかでひともめしたのだけれど、それはまた別のお話――。

書き下ろし番外編　硬いのがお好き？

「わたし、実は……もう少し硬いほうが好きなんです」

ソファーの隣に座っていたソニアが恥ずかしそうにささやいた。その言葉に、アルベルトの表情がピシッと凍りつく。

夕食も湯浴みもすんで、あとは寝るだけだ。そんなふたりきりのくつろぎの時間に、『硬いほうが好き』などと言われたら、男はだれでもぎょっとするだろう。

（もしかして僕は硬くないのか……？）

ほかの男と比べたことはない。ソニアだって、アルベルト以外の男は知らないはずなのだが。

彼女の頬はほんのりと赤くなっている。

晩餐の席で、ふだんほとんど酒を飲まないソニアが珍しく食前酒をお代わりした。

今夜の食前酒はシードルという発泡性の酒で、りんごを発酵させて造っているため甘みが強く、女性でも飲みやすい。彼女はもともとりんごが好物なので、シードルも気に入ったらしい。

薄紅色の頬も潤んだ瞳も色っぽくてすぐにでも押し倒したくなったが、ソニアが満足できていないのなら行為をしても意味がない。

「それは、アレの話ですね？」

アルベルトは思い切って尋ねた。

ひとりで思い悩むよりは、彼女の希望に沿った解決策を模索したほうが建設的だ。

（より硬くするのか……。どうしたら？　もっと体を鍛えるか？）

ソニアはきょとんと首をかしげた。

「あれの話？」

「硬さが足りないアレで申し訳ない。これからソニアの好みの硬さになるよう努力するので、しばらく待ってほしいのですが」

以前悪友のラルフからもらった性の『資料本』を思い出す。本の中に、硬度に関する記述はあっただろうか。

彼女は慌てたように首を横に振る。

「いいえ、違うんです！　これ以上、硬くするなんて贅沢すぎます」

「……贅沢？」

勃起の硬さを望むことは、果たして『贅沢』だろうか。

さすがにアルベルトも、どうやら話がすれ違っているのではないかと気が付いた。

ソニアはエメラルドのように美しい緑色の瞳をきらきらと輝かせ、かわいらしい笑みを浮かべた。

「はい。今の時期に食べられるだけでもすごいことなのに、つい採れたてのシャクシャクした食感を思い出してしまって」

「シャクシャク」

「食事の席でおいしいかと聞かれてお返事できなかったのは、決してまずかったわけではないんです」

「…………」

「収穫から時間が経っているせいか少し柔らかかったので、一瞬言葉に詰まってしまって。でも、季節外れの貴重なりんごをいただけて、本当にうれしかったです」

「……りんご、か」

今日のデザートは、りんごだった。その硬さの問題だったのか……。

たしかに今は春。りんごの旬は秋から冬にかけてなので、この季節にドライフルーツではない生のりんごが食卓にのることは、本来ならありえない。

しかし、りんごはソニアがもっとも好きな果物だ。だから新婚旅行から帰ってすぐ、彼女の疲労回復のために、とっておきの冷蔵りんごを用意したのだ。

アルベルトはソニアがりんごを食べていたときの様子が忘れられなかった。

去年の秋、婚約したあとのことだ。

真っ赤なりんごを目の前にしたソニアは、書物を手に取る瞬間と同じように目を輝かせていた。理由を聞くと、りんごは子供のころに料理人から与えられた食べ物の中で、一番のご馳走だったのだという。

ただのりんごが、だ。

家族からは虐待を受け、使用人からも不当に扱われ、ずっとひとりぼっちだったソニア。彼女は厳しい生活の中にもささやかな喜びを見出して、懸命に生きてきた。

アルベルトは時をさかのぼって、幼いソニアを抱きしめたかった。

(大丈夫だ、あなたは僕が救い出す。必ず幸せにするから待っていてほしい)

だれからも愛されなかった少女に伝えたい。それまでの孤独も絶望も、すべて自分が埋め尽くす。一生をかけて自分が愛していくと。

だからこそ多くを望まない控えめな彼女の願いは、すべて自分が叶えると決めた。

改めて誓いを新たにしてソニアをじっと見つめると、彼女はさらに頬を赤らめてうつむいた。

「アルベルトさま、ありがとうございます」

「いや、このくらい、たいしたことではありませんから」

特級魔術師の妻になったからといって決しておごらず、恵まれなかった生まれ育ちを嘆いて卑屈にもならず、ただまっすぐアルベルトに感謝してくれるソニアが愛しい。

そんな彼女の喜ぶ表情が見たくて、昨年アルベルトはつい作ってしまったのだ。氷魔法の粋を集めた、食料の冷却保存庫――冷蔵庫を。

氷魔法を維持するためには莫大な魔力が必要だ。冷蔵庫を開発したからといって、一般には普及しないだろう。だが、自分なら維持できる。愛しい妻のためなら、なんでもないことだ。

しかし、氷魔法といっても時を止められるわけではないので、りんごの果肉は柔らかくなっていたらしい。

「今年は、りんごの保存に適した温度や湿度を研究します」

「無理はなさらないでくださいね」

「僕がやりたいだけなので、あなたは気にしなくてもいいのですよ。……それにしても」

アルベルトは思わず苦笑した。

「僕は最初、あなたを満足させられていないのかと誤解していました」

「そんな、十分満足しています。とてもおいしかったです」

「いや、そうではなくて、ソニアがもっと硬いほうがいいと言うから」

「え？」

ソニアの手を取り、その細い指にそっと口づける。

「あなたを邪な目で見ている男に、『硬いのが好き』などと言ってはいけません」

うるうると潤んだ緑の瞳をのぞき込むと、ソニアは少しぼうっとしていた。まだ、ほろ酔いの状態なのかもしれない。

初めて抱き合った日からすでに半年以上経つのに、男の欲に気づかない鈍感な妻にもどかしさが込み上げる。

「僕はもう、準備ができていますよ」

アルベルトは彼女の手を持ち上げて、自分の胸にあてる。鼓動が速くなっているのが伝わるだろうか。

ソニアがアルベルトのものを不満に思っているわけではないとわかって、ぐんぐんと気持ちが昂ってくる。

もともと性欲は強い。そして彼女だけがアルベルトを欲情させ、満たしてくれるのだ。

ソニアにも自分と同じ渇望を感じてほしかった。

アルベルトは赤く染まった頬をぺろりと舐めた。

「えっ、ええっ⁉」

つやつやと輝くソニアの頬は、採れたてのりんごのようだ。

「甘い」

「ほっぺたが甘いわけないです」

「ソニアは全身甘いですよ」

りんごの色を通り越して、薔薇のような色になったソニアの頬に口づけて、そのまま唇を奪う。

彼女の唇から甘やかな吐息がこぼれた。

「アルベルトさま……」

「ここで、いいですか？」

ベッドに行く間も惜しくて、ソニアをひざに抱き上げる。すると彼女はわずかに尻をもぞもぞさせて、小声でつぶやいた。

「あ……硬い……」

たまらない。彼の妻は、夫をあおる方法をよくわかっている。

アルベルトは獣のような激しさで小さな唇をむさぼった。深い口づけは、甘くて優しいシードルの香りがした。

あとがき

はじめまして、月夜野繭《つきよのまゆ》と申します。

「月夜野繭ってだれだろう？」という方がほとんどですよね。せっかくあとがきのページをたくさんいただきましたので、まずは自己紹介をさせてくださいね。

私はもともと読書が趣味だったのですが、二〇二〇年の冬に突然、自分でも小説を書いてみようと思い立ちました。あの日の強烈な衝動がなんだったのか、いまだによくわかりません（笑）。

それから約一年半後に、スターツ出版さまの「第5回ベリーズカフェ恋愛小説大賞」で新人賞を、アルファポリスさまの「第15回恋愛小説大賞」で奨励賞をいただき、またコンテストとは別のご縁で宙出版さまから商業デビューさせていただきました。

デビュー作は『身代わり聖女の初夜権～国外追放されたわたし、なぜかもふもふの聖獣様に溺愛されています～』という小説です。

こちらは漫画にもなっています。倖月さちの先生が素敵にコミカライズしてくださっているので、ぜひぜひご覧ください！

そのあとコンテストの受賞作もそれぞれ書籍化されています。

現代の豪華客船を舞台にした『極上御曹司に見初められ、溺愛捕獲されました～一途な海運王の華麗なる結婚宣言～』。

破滅一直線の悪役令嬢に転生してしまう『婚約破棄&国外追放された悪役令嬢のわたしが隣国で溺愛されるなんて⁉～追放先の獣人の国で幸せになりますね～』。

どれもハッピーエンドの恋愛小説ですので、もし興味が湧いたらご覧いただけると泣いて喜びます（宣伝になってしまった……）。


さて、前置きが長くなりましたが、このたびは『虐げられ令嬢ですが、なぜか女嫌いのエリート魔術師に溺愛されました』をお手に取っていただき、ありがとうございます。

大変光栄なことに、この作品は「第7回ムーンドロップス恋愛小説コンテスト」にて最優秀賞をいただきました。

ムーンドロップス恋愛小説コンテストはムーンライトノベルズという投稿サイトで開催されているコンテストで、毎回お題があります。私が受賞した第7回のテーマは「溺愛」。ほかにサブテーマが十三個あり、その中からひとつ以上を選んで作品に組み込むというものです。

どれも魅力的なサブテーマなのですが、私が選んだのは「異世界」「魔法」「変身」でした。

実は「魔法」を小説の中に出したのは、今回が初めて。初心者の私にはわからないことが多く、魔法の本質ってなんだろうと考えるところからこのお話は始まりました。

次にムーンドロップスは恋愛小説のレーベルなので、魔法は恋愛感情と深く絡み合い、ヒロインとヒーローを必然的に結びつけるものでなければならないのではないかと知恵をしぼりました。

あとせっかく題材に使うなら、クライマックスで魔法を華やかに炸裂させたい！　と興奮したりもして。そんなことをあーでもないこーでもないと思案するのはとても楽しい時間でした。

そして、「変身」。一番書きたかったテーマがこれです。

家族から虐げられて育ったソニアが、アルベルトとの出会いを通じて強く美しく変わっていく様子。眉目秀麗で魔術師としても超一流なのに、偏屈な××のアルベルトが、恋を知って心の傷を乗り越え成長していく過程（××については本書でご確認ください！）。

そんなふたりの「変身」を見届けていただけたら、これ以上の幸せはありません。

最後にコンテストの開催や選考に携わってくださった皆さま、この本の刊行にご尽力いただいた皆さまに心より御礼申し上げます。

とくに、自分自身では気づかなかったこのお話の長所を教えてくださり、よりよいものになるようご指導いただいた編集さまと、素晴らしすぎるイラストの数々を描いてくださった黒田うらら先生には大大大感謝です！

黒田先生の描かれたアルベルト、めっっっちゃかっこよくないですか⁉　カバーイラストの独占欲をにじませた鋭い視線に心を射貫かれました。ソニアはピュアで愛らしくて、こんな子がいたら守ってあげたくなるでしょと納得してしまいました！　ドレスやマントも本当に美しくて——と、イラストについて語り始めたら止まらなくなるので、この辺で自重します。ごめんなさい……。

こんな精神の乱れやすい未熟者ではありますが、これからも皆さまに楽しんでいただける物語を綴っていけるよう精いっぱいがんばります。よろしければご感想をお寄せいただけると大変励みになります。

それでは、またあなたとお目にかかれますように！

月夜野繭

★著者・イラストレーターへのファンレターやプレゼントにつきまして★
著者・イラストレーターへのファンレターやプレゼントは、下記の住所にお送りください。いただいたお手紙やプレゼントは、できるだけ早く著作者にお送りしておりますが、状況によって時間が掛かる場合があります。生ものや賞味期限の短い食べ物をご送付いただきますとお届けできない場合がございますので、何卒ご理解ください。
送り先
〒160-0022　東京都新宿区新宿 1-36-2
(株) パブリッシングリンク
ムーンドロップス 編集部
○○（著者・イラストレーターのお名前）様

虐げられ令嬢ですが、なぜか女嫌いのエリート魔術師に溺愛されました
２０２４年２月１６日　初版第一刷発行

著……………………………………………………… 月夜野繭
画……………………………………………………… 黒田うらら
編集………………………… 株式会社パブリッシングリンク
ブックデザイン……………………………………… しおざわりな
（ムシカゴグラフィクス）
本文ＤＴＰ………………………………………………… ＩＤＲ

発行………………………………………………… 株式会社竹書房
〒 102-0075　東京都千代田区三番町８－１
三番町東急ビル６Ｆ
email：info@takeshobo.co.jp
https://www.takeshobo.co.jp
印刷・製本………………………………… 中央精版印刷株式会社